DANS MON JARDIN

Paru dans Le Livre de Poche :

ADIEU L'AMOUR
L'AMI CHIEN
LES AMIS SONT DE PASSAGE
L'AMOUR N'A PAS DE SAISON
LES AMOUREUX
CALLAS L'EXTRÊME
CET HOMME EST MARIÉ
LA CHAIR DE LA ROBE
LES CHIFFONS DU RÊVE
CONVERSATIONS IMPUDIQUES
DANS LA TEMPÊTE
DÉFENSE D'AIMER
DEUX FEMMES EN VUE
L'EMBELLISSEUR
ENVOYEZ LA PETITE MUSIQUE
LA FEMME SANS
LE FOULARD BLEU
L'INDIVISION
L'INONDATION
L'INVENTAIRE
J'AI TOUJOURS RAISON !
JEU DE FEMME
LA MAISON DE JADE
MÈRE ET FILLES
MEURTRE EN THALASSO
LA MIEUX AIMÉE
NOS ENFANTS SI GÂTÉS
NOS JOURS HEUREUX
ON ATTEND LES ENFANTS
REVIENS SIMONE
LA RONDE DES ÂGES
SI AIMÉE, SI SEULE
SUZANNE ET LA PROVINCE
TROUS DE MÉMOIRE
UN BOUQUET DE VIOLETTES
UN ÉTÉ SANS TOI
UNE FEMME HEUREUSE
UNE SAISON DE FEUILLES
UNE SOUDAINE SOLITUDE

MADELEINE CHAPSAL

Dans mon jardin

FAYARD

À tous mes jardiniers.

Parlez-moi de mes jardins…

Friedrich NIETZSCHE,
Ainsi parlait Zarathoustra.

J'ai descendu dans mon jardin…

Comptine traditionnelle.

Mes premiers pas – et comme je m'en souviens ! – je les ai faits dans un potager. C'était au Puy d'Ayen, dans le petit jardin de notre maison du Limousin, à Eymoutiers, qu'entretenait alors mon grand-père maternel. Il me plaît que le premier territoire d'un tout petit enfant soit le champ qu'a cultivé à la main l'un de ses ancêtres…

Ma grand-mère, au même âge, m'apprenait à lire, ce qui est aussi une forme de culture. On peut la croire plus essentielle, je n'en suis pas convaincue, et plus le temps passe, me comble et m'alourdit, plus je pense à mon jardin. À la terre et à ce qu'elle offre, produit, propose et promet : le repos éternel. Le petit potager familial, en effet, n'était pas bien loin du cimetière sur la colline où, d'avance, j'ai retenu mon « lopin ».

Retour à la terre ? La terre s'est révélée première dans ma vie, le reste et le restera.

Le fait est qu'aujourd'hui j'ai trois jardins – et on ne manque pas de m'en railler : « Vous êtes comme Cadet Rousselle qui avait trois maisons ! » Je n'ai point cherché cette dispersion, mais il se trouve que ces jardins – du moins deux d'entre eux – étaient menacés d'abandon, et c'est moi qui les ai recueillis comme certains se retrouvent à s'occuper de chiens et de chats sans maîtres...

Un seul est ma création, c'est le plus récent : il n'a pas quinze ans, ce qui est jeune pour un jardin. Il reflète à la fois mon enthousiasme – on plante, ça pousse ! – et mon inexpérience. Il a trop de tout, si je puis dire, et pas assez de cette harmonie que seule apporte la planification : il se multiplie, déborde, foisonne, surtout en ce moment, au cœur de l'été où tout jaillit, rampe, grimpe, explose avec la même alacrité !

Tels sont les jardins : vous proposez,

semant quelque petite graine, vous achetez une plante en pot – j'aime dire « plantouille » pour désigner une fragile pousse –, vous lui trouvez un coin de terre à sa minuscule mesure, et quelque temps plus tard… non seulement la plante a pris ses aises, mais elle empiète sur le territoire de ses voisines : le jasmin encercle les agapanthes, les arums étouffent le vieux rosier cramoisi, le Mermaid lance ses nouvelles tiges par-dessus le mur mitoyen, chez ma voisine dont les fenêtres accueillent déjà la bignone…

Que faire ? Couper, tailler ? On s'y est copieusement employé à l'automne dernier et ce printemps. Alors, recommencer ? Je vais vous confier un secret, c'est-à-dire l'une de mes faiblesses : j'ai infiniment de mal à décapiter d'un coup de sécateur une petite pousse toute jeune qui ne demande qu'à vivre et grandir encore, une tige portant timidement quelques boutons, une vrille à ses débuts, une liane en marche vers la lumière, quêtant plus d'espace, en somme l'incarnation du bonheur de naître et de vivre !

J'ai toujours été piètre éducatrice, et

comme je n'ai pas eu d'enfant, je m'en aperçois avec mes chiens et mes chats : ces intelligentes bêtes n'en ont jamais fait qu'à leur tête, m'apprenant ainsi bien des choses sur cette animalité, faite d'instinct, d'autodéfense et d'amour, que les humains ont héritée d'eux.

Il se trouve qu'inconsciemment, j'en attends autant de mes jardins : qu'ils m'indiquent, m'expliquent la voie à suivre. Ce que veut et cherche ce qu'on appelle la nature – et qui, en fait, est la Vie.

« Je suis la Vérité et la Vie », a dit le Christ. Quand je me trouve dans mon jardin, il me semble que les feuilles, les bourgeons, les moindres brins d'herbe me chuchotent quelque chose d'approchant. Alors je me tais, m'immobilise, écoute et ne touche à rien – pas même aux herbes dites « mauvaises ». Ni à la mousse, cette plaie des gazons d'après les paysagistes, ni aux herbes folles que je laisse croître en paix, ne fût-ce que pour leur nom... Herbe folle, amour fou !

Pire jardinier que moi il n'y a pas !

Reste que j'observe, détecte, considère,

parfois déplore, au point que je puis vous raconter par le menu ce que j'ai vu et appris de mes trois jardins. Si semblables d'être situés en France, et pourtant si différents. Déjà du fait de leur âge, du climat – atlantique pour l'un, charentais pour l'autre, montagnard pour le troisième –, mais aussi de l'esprit qui les anime et qu'ils m'insufflent à tour de rôle !

Tant que je fus enfant, puis jeune adolescente, les jardins me servirent de scènes pour mon théâtre personnel, de podiums sur lesquels je virevoltais, jupe en corolle, afin de me montrer, me faire admirer, en quelque sorte défiler aux yeux de tous, avec plus d'espace autour de moi qu'à l'intérieur d'une maison ou dans un salon.

Mes premières coquetteries eurent d'ailleurs lieu – je m'en souviens, tant j'en fus moquée – dans un jardin, celui de ma marraine Madeleine Vionnet, à Cély-en-Bière. Comme la plupart des espaces paysagers, il comportait un parc autour de la maison, et, un peu plus loin, dissimulé derrière des haies de troènes, un potager. C'est là que j'entraînai un garçonnet, seul mâle de l'entourage qui eût à peu près mon âge, fils du directeur de la maison de couture, et que, nous croyant seuls, à l'abri du regard des parents, je soulevai ma courte robe pour exhiber une culotte Petit-Bateau...

Seuls, nous ne l'étions pas, et les quelques grandes personnes surgies derrière nous, assez désœuvrées en ce week-end de printemps, firent des gorges chaudes de ma première tentative de séduction.

Il y en eut d'autres, dans ces espaces champêtres que sont les jardins et qui inspirent si bien les peintres : de l'*Embarquement pour Cythère* à *Suzanne et les vieillards*, au *Déjeuner sur l'herbe*, la nature, chez les artistes, semble propice aux rencontres amoureuses plus ou moins chastes.

Et n'est-il pas vrai que la première proposition que fait un garçon ou un homme qui a envie de vous mieux connaître, c'est de vous suggérer une promenade ? Dans un parc ou un jardin généralement public.

Pour moi, j'en ai fait des tours et

détours dans le parc de Bagatelle, au point de me familiariser avec presque chaque arbre, pour certains de vieux et admirables sujets étiquetés, de provenance exotique. Plus de mille fois j'arpentai la célèbre roseraie, les tonnelles de clématites, les allées de buis, et tournai autour des bassins avec leurs nénuphars, leurs roseaux, leurs lentilles d'eau…

Autre jardin devenu presque mien : celui de Versailles, avec son parc dont je faisais le tour complet tous les dimanches matin, en compagnie de l'homme que j'aimais, pour l'achever au Grand Trianon sur *trois marches de marbre rose*…

Ce même homme, féru comme moi de littérature, à défaut de l'être de Musset en particulier, m'a également emmenée à Vaux-le-Vicomte, au château d'Anet, et souvent, le samedi, dans le parc de celui de Fontainebleau. C'était un grand marcheur et, du temps de notre liaison qui dura bien une dizaine d'années, un jardin représentait pour moi un lieu de déambulation accélérée : nous ne nous asseyions jamais !

J'y ai acquis d'assez bonnes jambes, en

plus de souvenirs enchanteurs liés à la nature dans tous ses états... Ah, les fossés gelés du parc de Versailles... Mon compagnon m'aidait à les enjamber et je me souviens d'en avoir tiré un poème : *Et ma main tient bien ta main / qui ne la lâche pas...*

Avec d'autres – mais fi des noms ! – il y eut des baisers dans des fourrés, et des étreintes au bois de Boulogne qui se prêtait déjà aux effusions, à l'époque discrètes et non vénales !

Pour ce qui est du jardin des Tuileries, je m'y promenais avec mon père, lequel habitait tout à côté, rue de Rivoli, et nous allions aussi au Palais-Royal, le jardin de son enfance : il était né rue de Valois, à l'actuel emplacement de la Banque de France.

Un autre homme, plus marginal à mes yeux, m'emmena au cimetière de Picpus et cheminer le long des coulées vertes d'Évry. À sa suite aussi, que de kilomètres à pied, que de conversations, de mots lâchés au long des chemins, au rythme de nos pas alors accordés, semés comme autant de petits cailloux blancs – mais sur ces sentiers-là, ceux de l'amour, on ne revient pas en arrière et peu y pousse qui soit durable...

Ces jardins, quels qu'ils fussent – tel celui de Bandol, dans la maison méridionale de Madeleine Vionnet, qui descendait en pente abrupte jusqu'à la plage et où j'organisais avec ma sœur des courses d'escargots dans l'odeur enivrante des figues trop mûres –, ne m'appartenaient pas. Ils n'étaient que des cadres, je l'ai dit, des tréteaux sur lesquels jouer mon théâtre de la séduction, partager des jeux de plein air (tricycles, croquet, boules, diabolo, volant...), fortifier ma santé en inhalant des bouffées d'air pur. Et, mine de rien, tester l'endurance à la marche à pied, par tous les temps, mais aussi en paroles, en attachement, de mes éventuels soupirants...

La littérature a transcrit ces divagations amoureuses : cela s'appelle la Carte du Tendre, et je l'ai parcourue bien des fois, fréquentée de si près que je ne regardais qu'à peine l'agencement des lieux, la splendeur des formes et des couleurs ; m'imprégnant quand même, sans le savoir, sans le chercher, de ce qui allait perdurer bien au-delà de mes amourettes avec des hommes dont, pour certains, j'ai oublié jusqu'au nom : la beauté, l'âme sans limite des jardins.

Si j'y prêtais alors peu d'attention, ce n'est pas seulement que je la portais ailleurs, c'est que je n'avais pas mon mot à dire quant à ces jardins-là, ni le droit de mettre la main à la pâte, je veux dire à la terre – à peine celui de faire des bouquets, de m'allonger en douce sur leur gazon, aucunement de suggérer une modification ou le moindre embellissement...

Je n'étais qu'une ombre qui passait, et ces jardins auxquels je n'ai pas touché, ne portant pas ma trace, ont dû m'oublier.

Tout autant que ces hommes avec lesquels je n'ai pas fait d'enfant, pas plus que je n'ai planté d'arbres en ces terrains de nos amours.

Toutefois, ceux-ci ont eu un rôle qui s'est révélé capital : me préparer à une fonction que je n'avais jamais ambitionnée ni soupçonnée ; ils ont fait de moi une maîtresse de jardins.

Peu à peu, au cours d'un long apprentissage quasi involontaire, cet artisanat m'est devenu comme un métier ; d'abord je les acquiers, mes jardins, ou bien j'en hérite, et s'ils n'existent pas je les crée, ensuite il me faut les entretenir, les transformer, les aider à prospérer, en même temps que je m'en enchante, et, aujourd'hui, pour aller jusqu'au bout de mon faire, voici que j'en écris !

Afin de mieux radicaliser ma pensée : qu'est-ce qu'un jardin, sinon la préfiguration de celui qui nous attend, nous guette au bout du chemin – le cimetière ? Rien de triste là-dedans ; ce lieu de repos n'est que l'antichambre de ce qui entretient – en tout cas pour moi – l'espérance : le jardin d'Éden, le Paradis.

Que son annonce soit déjà terrestre m'est un bonheur.

Des années durant, j'ai fait le même songe, maintes fois relaté en analyse : je pousse une porte dans mon appartement, une maison familière ou inconnue, et derrière – ô merveille ! – je découvre un jardin.

Chaque fois, je ressens la même surprise et aussi la même irritation : que ne l'ai-je fait plus tôt ? Je le savais, pourtant, qu'un jardin m'attendait, qu'il suffisait d'ouvrir la porte, éventuellement de percer un mur pour y pénétrer...

La plupart de mes analystes, confidents de ce rêve récurrent, m'ont sorti à peu près la même fadaise : « Ce jardin est en vous, c'est le bonheur ou la sérénité qui vous attendent si vous vous décidez à pousser la porte, une porte qui se trouve à l'intérieur de votre psychisme… »

Eh bien, messieurs-dames, j'ai le regret, doublé d'un certain amusement, de vous dire que ces jardins, en fait, n'étaient pas en moi – où c'est toujours la mélancolie et la solitude qui règnent –, mais tout à fait réels, m'attendant tous trois sur le sol de France, à quelques petites centaines de kilomètres l'un de l'autre.

Si je dis trois, c'est qu'il s'agit de mes jardins actuels, de ceux qui requièrent mes soins parfois d'heure en heure, en tout cas mois après mois, d'une saison l'autre – et ce, jusqu'au jour où, n'en pouvant plus ni d'eux ni de moi, je passerai la main à qui voudra. Car ils me survivront, forcément, ces jardins, c'est la dernière grâce que j'en escompte !

Mais, avant l'apparition de ces trois-là, j'ai eu des jardins éphémères – quoique les ayant pratiquement négligés par défaut d'expérience, je tiens à leur rendre ici un bref hommage.

Le premier – et quelle émotion lorsqu'un notaire m'en a remis la clé : « Allez-y, vous êtes désormais chez vous ! » – se situait à Neauphle-le-Château où je me suis brusquement retrouvée – tardif cadeau de rupture – propriétaire d'un petit pavillon dans la rue montante qui menait au cœur du village, vers le domaine de Marguerite Duras.

C'était ma première maison, j'osai à peine y toucher, je ne me permis que quelques peintures, un changement de chaudière, et rien, mais rien dans le jardin : il avait ses rosiers, sa vigne vierge, ses haies le long d'un petit chemin sur lequel, à cent mètres de là, résida longtemps celui qui devait devenir le redoutable ayatollah Khomeyni ! C'est dire l'environnement : plutôt sélect ! Dans ma rue, chez Michèle Manceaux, fréquentait du beau monde : François Truffaut, François Leterrier, Alain Corneau, et le jeune Laurent Fabius que je pris un jour à bord de ma voiture.

J'y résidais le week-end, avec un chat qui ne se gênait pas pour aller voir ce qui se passait ailleurs. La petite maison avait beau m'appartenir, le jardinet aussi, mon cœur n'y était pas. Il attendait quelque visiteur ou un compagnon qui ne vint jamais.

C'est pour suivre une invite – qui me paraissait grosse de promesses –, que je vendis brusquement Neauphle pour acheter à Ris-Orangis un vrai pavillon de banlieue dans une résidence que fréquentait entre autres le personnel d'Orly. C'était plus « populaire » que Neauphle, et j'y respirai mieux – allez comprendre ! Toutefois, mon jardin se réduisait à une sorte d'enclos, fermé dans le dos de la maison, ouvert sur son devant, le tout planté d'un seul arbre, un pommier.

Mon chat profitait de toute la résidence, car il n'y avait point de vraies barrières pour séparer les pavillons.

J'y restai le temps que l'amour – ce grand déménageur – m'incite à un radical changement de lieu : de la banlieue sud, je passai à l'ouest, et de l'Essonne aux Yvelines.

Mon nouvel atterrissage se fit près de Gambais, dans une maisonnette quasiment dans les bois, tant elle se trouvait en bordure de la forêt de Rambouillet, et que je baptisai par la suite la « maison de

Jade ». Cette bâtisse de presque rien allait en effet acquérir la notoriété que confère le titre d'un « best-seller », alors que je lui souhaitais un sort bien plus beau : celui d'une modeste chaumière uniquement destinée à abriter deux cœurs...

La toute dernière avant l'immense forêt – quel privilège ! – longée par un chemin de terre, cette maison que j'aménageai de la tête au pied – c'était ma première expérience en la matière –, et où jamais je n'ai eu le droit d'habiter, ouvrait sur un vaste pré où s'égayait un chien, en plus du chat, et jouissait d'un potager en terrasses.

J'accordai tous mes soins non pas au jardin – je n'y étais pas encore –, mais à l'aménagement intérieur de la petite maison : cheminée, escalier, salle de bains, carrelage. Je fis ouvrir une fenêtre en longueur juste au-dessus de l'évier – elle donnait sur le potager.

Je me voyais épluchant les légumes que j'aurais été récolter dans ce carré : tomates, carottes, pommes de terre, poireaux. Pour l'heure, tout au long des travaux qui durèrent un printemps, un été

– nous devions emménager pour Noël –, je m'enchantais de voir fleurir un cytise sur la terrasse dont j'étais allée quérir les pierres dans le pays de Colette, à Saint-Sauveur-en-Puisaye. Aux côtés de l'arbre à fleurs, un gros érable rouge dont je fis le portrait à l'encre de Chine et au marker.

C'est là tout ce qu'il me reste – en sus d'un roman – de ces lieux où commencèrent de se concrétiser pour de vrai mes rêves de jardin.

Car si je ne touchais pas encore à la terre, je m'en approchais furtivement, la photographiant, la dessinant, écrivant d'elle et près d'elle.

Le douloureux écroulement de ce projet-là, je l'ai raconté dans ce roman du chagrin d'amour et de l'abandon que j'ai intitulé *La Maison de Jade*, à cause d'une bague que je croyais d'union et qui était de rupture.

Tandis que j'achevais de l'écrire, un mois d'août, j'avais trouvé refuge à Saintes, dans la maison bâtie par mon arrière-grand-père, puis habitée par mon grand-père, qui fut maire de la ville, enfin devenue sur le tard le lieu de retraite de mon père. Une maison d'hommes qui allait devenir la mienne.

Sise à l'ombre de la cathédrale Saint-Pierre, ce gigantesque édifice par lequel je ne me lasse pas d'être surplombée, la maison de mes ancêtres paternels où rien, sauf la cuisine et les salles d'eau, n'a bougé depuis le XIXe siècle, ouvre sur un petit jardin en deux parties où rien non plus n'avait changé avant moi, tant mon père était à la fois conservateur et respectueux de la volonté de son propre père, le grand homme de la famille.

J'y étais reçue en fille, c'est-à-dire rapidement considérée comme un organe de transmission entre les désirs de mon père et ce qu'il considérait comme devant être fait.

L'une de ses premières demandes concerna les fleurs à planter au printemps. Il en conservait la liste sous le buvard de son bureau, la même depuis des décennies, et il la recopia pour que j'aille les prendre à la jardinerie avant l'arrivée de l'homme de main qui devait les planter.

Quoique décidée à n'en faire qu'à sa tête à lui, j'y jetai un coup d'œil : je devais rapporter tant de bégonias, tant de pétunias, un nombre également précisé de géraniums rouges et de zinnias… Je me permis une réflexion : je n'aimais pas trop les bégonias.

– Pourquoi ça ? dit mon père, les sourcils haut levés. C'est mignon comme tout, les bégonias !

Comment expliquer les raisons d'une préférence florale ? Je laissai tomber pour cette année-là…

Mais, au printemps suivant, redevenue son hôte – où aller, n'ayant alors dans ma vie d'autre homme que mon père ? –, j'entrepris de lui suggérer quelques changements qui me paraissaient salutaires, étant donné l'introduction et le développement de nouvelles espèces de plantes annuelles, aussi bien dans les jardineries que dans les merveilleux massifs entretenus avec art par les artisans paysagistes de la ville de Saintes.

Pour mon père, c'était une révolution : il n'allait pas retrouver ses fleurs à leur place habituelle, et il risquait d'y en avoir de nouvelles : n'avais-je pas parlé d'impatiens, de pavots, de fuchsias ?

De mon côté, ces premiers essais de participation à la vie d'un jardin étaient plutôt théoriques. Je me contentais de choisir, dans les rayons de la jardinerie, d'emporter, de faire planter et de voir pousser ! Mon étonnement, quand certaines variétés se multipliaient ou au contraire périclitaient... À l'époque, je ne savais pas repérer quand une fleur avait soif, ou faim, trop de soleil ou pas assez, un voisinage gênant – enfin, ce qu'elle exprime si bien de tout son être végétal...

Alors qu'aujourd'hui, après plusieurs semaines d'absence, il me suffit d'entrouvrir la porte du garage par laquelle je pénètre dans ce même jardin pour tout embrasser et, d'un seul coup d'œil, savoir ce qui s'y passe !

Le géranium blanc a trop reçu d'eau du fait de l'arrosage automatique, la vigne a besoin de bouillie bordelaise, cette panacée, le figuier envahit le toit, la cochenille poursuit ses ravages à partir du psittosporum, les marguerites étouf-

Et puis il me vint, il m'arriva enfin, mon premier jardin bien à moi ! Celui que je mis au monde à partir de rien : mon enfant-jardin. En achetant sur un coup de tête – et de cœur – le terrain totalement nu que me proposait un agent immobilier, je n'en avais pas même idée, je ne voyais que la maison qu'il s'agissait d'y construire. Ayant vendu – rupture amoureuse oblige – la maison de Jade, je me retrouvai avec un peu d'argent venant des droits d'auteur du roman qui s'ensuivit, mais plus de toit. Neauphle, Ris-Orangis, Bourdonné, tout m'avait glissé des mains. À Saintes, j'étais chez mon père ; dans le Limousin, chez ma mère. En somme, partout chez les autres.

Or, depuis des décennies, je rêvais de

posséder un petit coin bien à moi, de préférence dans cette île de Ré dont l'extrémité, vers Trousse-Chemise, était encore quasi déserte. De Saintes je me rendis avec mon père au bout de l'île – le pont venait juste d'être inauguré – consulter un agent immobilier : Paul-Louis n'avait rien à me proposer qui me plût ; d'avoir loué pendant trente ans dans ce village, j'en connaissais suffisamment les aîtres, rues et ruelles pour savoir où je pourrais me sentir bien…

Puis il me parla d'une résidence au cœur du village, qu'il était en train d'aménager à partir d'un terrain ayant appartenu à deux vieux fermiers qui venaient de se retirer – ou de mourir, je ne sais plus. Nous allâmes sur les lieux en voiture avec le plan des parcelles en main.

C'est le coup de foudre : je découvre, à deux pas du centre du village, un vaste espace déjà viabilisé, mais encore sans aucun bâtiment. Je sens que je peux m'y nicher, c'est le mot, et je désigne du doigt ce que j'appelle le « petit rabicoin » : un terrain n'ayant que peu de façade à l'extérieur, blotti sur lui-même.

Ce besoin de retrait allait plus tard se révéler une chance et faire mon bonheur !

De retour dans la voiture où m'attendait patiemment mon père – il me revient qu'il avait soif et qu'à cette époque de l'année, aucun café n'était ouvert aux Portes-en-Ré, et je ne pus rien lui trouver à boire avant Ars –, je n'osai lui avouer que je m'étais décidée sur-le-champ et que je venais même de signer un chèque d'arrhes... Ce n'est certes pas ainsi qu'on réagissait dans son milieu si responsable, les messieurs de la Cour des comptes...

Je ne lui confiai mon achat que plus tard, quand il devint urgent de trouver un architecte que mon père me désigna – et je lui en suis reconnaissante, car ce jeune Saintais, Francis Gravière, décédé depuis dans un accident de voiture, alliait à son bon cœur une sorte de génie.

Tout se passa comme on peut l'imaginer : plans, travaux, visites ponctuelles sur le chantier, étonnement de voir surgir quelque chose de rien. Cela prit des mois durant lesquels je voguai entre Saintes, l'île de Ré et Paris.

Enfin, la maison fut habitable et, avec deux amis de bonne composition, j'allai y coucher pour la première fois sur des matelas à même le sol. Les cent mètres carrés de terrain devant la maison étaient destinés à être ce qu'on voulait : terrasse ou jardin. J'optai pour une terrasse dallée – je me souvenais avec mélancolie de celle de la maison de Jade, vendue – et décidai de ne conserver qu'une bordure assez mince pour le végétal, ornée d'un seul arbre : un mûrier-platane... Quand on me l'apporta, tenu à bout de bras, avec sa motte, son tronc n'était pas plus gros que mon poignet, alors que maintenant mes deux mains n'arrivent pas à l'encercler !

C'est là que j'allais enfin apprendre saison après saison que l'homme – ou la femme – propose et que la nature dispose. Je dirai aussi qu'elle réclame.

Quand mon voisin eut lui aussi construit sa maison, je me retrouvai le nez sur un mur blanc qui me parut immense et qu'on ne pouvait contempler sans lunettes noires. Quel inconfort, dès qu'on sortait de la maison, elle-même toute blanche à l'intérieur comme à l'extérieur ! C'est alors que je songeai à la verdure, au vert si apaisant, et, comme j'avais lu quelque part qu'il existait ce que l'on appelle un « jardin vertical », je me dis : « Ce doit être ce qu'il me faut ! »

Mais comment faire ?

Jusque-là, je connaissais les coiffeurs, les couturiers, les médecins, les libraires, les garagistes, je m'étais aussi familiarisée avec les commerçants en boutique ou sur le marché, mais j'ignorais tout des jardiniers.

Dès lors, poussée que j'étais par la nécessité, je dus faire leur connaissance et commencèrent entre eux et moi des liaisons successives bien plus serrées, tumultueuses – faites d'élans brusques, suivis de ruptures abruptes – que ce que j'avais connu en amour...

Terribles aussi, m'empêchant parfois de dormir : entre les jardiniers et moi, ce n'est en rien le parcours du Tendre, c'est en quelque sorte la guerre ! Une guerre des nerfs...

Pourquoi ?

D'abord parce que je n'y connaissais rien de rien, et qu'on m'imposa des formes, des variétés dont je ne m'apercevais qu'ensuite qu'elles ne me convenaient pas du tout. Ou qu'elles étaient traîtresses – ainsi le mûrier-platane se révéla être de sexe féminin, et bonjour les dégâts quand les mûres s'écrasent sur les dalles blanches, les meubles de jardin, attirant tous les merles du coin !

Mais autant il est facile de jeter à la poubelle ou de rapporter au magasin un objet qui ne vous agrée pas, autant il est malaisé de déraciner une plante, laquelle, comme un petit animal qu'on vient de prendre dans un refuge, se croit enfin en lieu sûr, adoptée, a commencé à croître et fleurir... Moi, en tout cas, *je ne peux pas* ! Je ne peux « tuer » ni un animal, ni un insecte, ni même une plante...

Comme je me sentais incapable d'en vouloir à ma faiblesse, pas plus qu'à mon ignorance en la matière, j'en voulais donc aux jardiniers ! Lesquels, parfois, me paraissaient abuser de mon manque d'expérience, ne serait-ce que pour me « coller» des plantes dont eux-mêmes ne savaient que faire…

J'en ai fréquenté, connu, aimé, usé, rejeté plus de dix… Certains, il est vrai, n'étaient que de passage, ou n'effectuaient qu'une seule tâche, comme planter un olivier – nous y reviendrons –, tondre une pelouse devenue échevelée, ou élaguer un arbre qui ne l'était pas moins… Ce qui fait que je préfère en parler de façon anonyme, pour n'en blesser aucun ; d'autant qu'il y en eut, il y en a d'excellents, et je ne les désignerai désormais que par le terme générique – alors qu'il y eut dans le lot quelques femmes – de « Jardinier ».

Depuis des années, le Jardinier s'est révélé dans ma vie tout aussi présent, important, incontournable – sinon plus, car laissant plus de traces indélébiles – que l'Amant.

C'est ainsi que, par deux fois, j'ai pu réaliser ce qui hantait certains de mes rêves, lesquels ont cessé depuis que ce bonheur m'est advenu : pousser, abattre un mur qui me séparait d'un jardin.

La première fois, ce ne fut qu'un essai non transformé. Chez ceux que je considérais alors comme ma famille – souhait non transformé, là aussi ! –, j'ai contribué à acheter la petite maison séparée par un haut et long mur de la demeure principale. À peine revenus de chez le notaire, le champagne bu, un ami maçon se met à l'ouvrage : en trois coups de pioche, il ouvre une brèche dans le mur, et le songe qui hantait mes nuits se réalise : je suis dans un jardin ! Celui de la petite maison que j'allais baptiser la « maison de Jade ».

Mais ce n'était pas encore mon « vrai » jardin, et je n'y fus chez moi que peu de temps ; je dus y renoncer pour cause de séparation, ce qui fait que ce pauvre jardin n'allait plus m'appartenir qu'en souvenir. Je ne l'ai jamais revu, pas plus que la maison, mais tous deux sont devenus romans...

Beau destin, après tout, que de passer sans crier gare à l'immortalité – car les livres, quels qu'ils soient, durent éternellement, du moins tant qu'il y aura sur cette planète des bibliothèques pour les conserver et des gens pour les ouvrir et en voir surgir ces fantômes appelés « personnages ».

Quant au second de mes jardins de derrière le mur, mon jardin de Ré, c'est à la fois un cadeau du Ciel et la réalisation concrète – que j'espère, celle-là, inaliénable – de ce qui, depuis si longtemps, m'était promis en songe...

Un matin, aux Portes-en-Ré, je m'éprouve à l'étroit dans ma cour-jardin : en quelques années, les plantes ont tellement grandi, sur les cinquante mètres carrés qui leur sont alloués, que ce n'est plus tenable ni pour elles, ni pour moi. Je songe (la plupart de mes actions commencent par une rêverie) : « Ou bien je trouve le moyen de m'agrandir en achetant du terrain chez l'un de mes voisins, ou je vends et vais m'installer ailleurs, avec davantage de champ autour de moi… »

Pressenti le jour même, l'agent immobilier me décourage : « Personne autour de vous ne veut vendre, surtout pas le vieux monsieur, votre plus proche voisin… »

Charmant, ce vieil homme que je saluais quand je le rencontrais dans la rue, mais c'était une partie de son vaste terrain que je convoitais plus que tout. Je l'avais repéré par l'entrebâillement d'un portail – sinon notre haut mur mitoyen prévenait tout regard. Ce qui n'empêchait pas un saule de jeter vers chez moi quelques-unes de ses branches que le vent agitait comme dans un appel : « Adopte-moi, occupe-toi de moi ! Je grandis trop et je crains d'être abattu… »

C'est donc déconfite que je retourne chez moi : que faire ? Déménager alors que je viens tout juste d'achever ma maison ? Il me faudrait un surcroît d'énergie, et puis j'ai commencé à m'y attacher, comme à tout ce que l'on crée à partir de rien...

L'après-midi même, Pascal, l'agent immobilier, me téléphone :

– Seriez-vous voyante ?

– Cela m'arrive...

– En tout cas, vous venez de faire preuve de prescience.

– Comment cela ?

– Je l'ignorais encore ce matin, mais votre voisin est mort et ses fils viennent de m'apporter à vendre le terrain dont vous dites être preneuse...

Je ne fais ni une ni deux : je me précipite, j'achète. Tout en disant : « Et si je ne l'avais pas autant désiré, ce terrain, et si je n'avais pas contacté cet agent-là plutôt qu'un autre, et si j'avais lambiné et qu'on l'ait vendu à d'autres ? »

C'est comme en amour, quelque chose fait que la rencontre a lieu le bon jour, au bon moment – cela m'est arrivé une fois en pleine rue : cet homme-là, je le connaissais à peine, nous nous heurtons l'un à l'autre, il m'invite à déjeuner, et c'est parti pour dix ans!… La même chance était là, qui nous a jetés dans les bras l'un de l'autre, mon jardin et moi ! Car il devint « mon » jardin dans l'heure qui suivit la signature de l'acte de propriété : un maçon dûment convoqué abattit le bout de mur qui me séparait du saule, de l'arbre de Judée, du prunus, du pré, de l'enchantement…

Mon chien Léon le comprit aussitôt, qui bondit par la brèche à moitié ouverte et s'empara avant moi du nouveau territoire… Celui que je nous avais conquis, à mes chiens, à mes amis, à moi – et aussi à la maison. J'allais pouvoir y rester, la rendre plus claire, plus belle en ouvrant baies et fenêtres sur le nouveau jardin.

Acheté avec les droits d'auteur d'un de mes romans – *Le Foulard bleu*, lequel parle d'un amour contrarié qui finit par triompher –, ce jardin était venu à moi comme de lui-même. En fait, il m'avait lancé un de ces regards auxquels on ne résiste pas, celui du chien qui vous attend dans un refuge et qui, en vous voyant, trouve le moyen de vous dire : « Tu as un peu tardé, mais enfin tu es là, et je te pardonne ; nous voici ensemble pour toujours, toi et moi... »

Oui, c'est ce que m'a dit le jardin, et j'espère que les dieux l'ont entendu.

Ce n'est pas le premier que j'achète, il y a eu ceux des Yvelines, de l'Essonne, mais c'est le premier où il m'a vraiment été donné de m'enraciner. Avec qui, en somme, je me suis mariée...

Ainsi sont les jardins : comme les animaux, ils vous choisissent ; celui-là m'a voulue, et maintenant il ne me lâche plus, mon « jardin de Jade ».

Il me reste à conter les hauts et les bas de notre vie conjugale, car c'en est une, et des plus prenantes...

À chaque succession des saisons, mes jardins et moi cheminons côte à côte d'un pas qui fait penser à celui d'un adulte accompagnant un enfant qu'il voit naître, puis grandir…

Au printemps, c'est la petite enfance : un minuscule bourgeon, un imperceptible bouton au bout d'une branche, un brin d'herbe d'un vert un peu vif dans la prairie – aux premiers signes de vie, on s'exclame : fierté, admiration, appel à témoins…

Soudain, c'est l'éclosion massive et désordonnée de fleurettes qu'on n'a pas eu à semer, jaunes pour la plupart comme celles du forsythia, l'avant-coureur, le premier de tous à sortir ses pétales… Jaunes aussi les jonquilles, les boutons d'or, les primevères, les pissenlits, tout ce qui annonce le retour du soleil. Premiers sourires, premiers mots d'un enfançon, en quelque sorte…

La comparaison vaut aussi pour l'été, quand tout foisonne, répond aux plus excessives promesses, et même les surpasse, récompensant hautement les soins qu'on a pu prodiguer. Quand je vois les branches de la glycine, de la bignone, des rosiers grimpants escalader les toitures voisines, je finis même par trouver que mes « petits » exagèrent, n'en font qu'à leur tête, c'est-à-dire trop… En même temps, je suis fière : quels athlètes j'ai mis au monde !

Lesquels s'emploient de nuit comme de jour à combler notre espace commun de corolles, de hampes, de grappes qui éclosent chacune à leur tour : il y a les offrandes de juin, encore timides comme la prime adolescence, puis celles de juillet, et, en août, c'est l'embrasement somptueux de l'âge adulte !

Survient septembre, et me voici dépassée : qu'ont-ils tous à changer d'allure, à passer à une vitesse surmultipliée, dans un déchaînement qui confine à la folie – en fait, à grainer ?

Empressement suspect, surabondance quasi malsaine, comme si nous avions besoin de tout ce surplus, eux et moi... Une graine, un fruit par-ci, par-là seraient bienvenus, mais pourquoi ces tombereaux de tout ? Que croient-ils : qu'ils n'existeront plus l'année prochaine ? Que je ne saurai pas les protéger du gel, si besoin est, ni les renouveler ? D'où leur précipitation, leur urgence à peupler non seulement notre territoire, mais toute l'atmosphère ?

L'entier du petit et grand peuple végétal s'y met, même les herbes justement dites « folles », et dans chaque cas la graine utilise des moyens de dissémination différents, jusqu'à l'invraisemblable : les unes se hérissent d'un duvet que le moindre souffle emporte, d'autres se coiffent d'une pale d'hélicoptère, certaines sont grosses et difformes, entourées de chair, et se nomment alors fruits... Quoi qu'il en soit, tout le monde s'y met, pêle-mêle, avec comme de la hargne, de la jubilation et de l'angoisse...

– Mais qu'est-ce que c'est que ça ? dis-je devant les gousses du baguenaudier ou les baies spongieuses de la symphorine.

– Mais c'est leurs graines ! me répondent plus savants que moi.

Je me retrouve contente – porter graines et fruits est signe de bonne santé dans mes jardins – et en même temps larguée : j'avais prévu des floraisons harmonieuses, et non tout ce fatras ! Il ne me reste qu'à me retirer dignement chez moi et à laisser faire, car on n'a plus besoin de mes soins, de mon arrosage, de mes engrais. On est comblé – ne devrais-je pas l'être ? Comme une génitrice se retrouvant, le temps passant, cernée d'une multitude : jusqu'à quinze, vingt petits et arrière-petits-enfants... Fière ? Sûrement. Effarée, aussi !

Reste que l'hiver approche, qui saura mettre bon ordre à ce – lâchons le mot – « bordel automnal » ! Les enfants-graines vont partir en voyage, d'autres pourriront sur place, seront gobés par les oiseaux, emmagasinés par les écureuils, les rats, les belettes, les musaraignes, des insectes, aussi, toutes sortes d'êtres vivants qui préparent la traversée de l'hiver chacun à sa façon...

Pour moi, j'ai récolté les pommes de mes pommiers, quelques poires, des noix et noisettes, et je mange les grappes acidulées de ma vigne !

Quel que puisse être leur goût, les fruits de mon jardin sont, à ma bouche, les meilleurs du monde. On connaît la fable : pour la chouette, les plus beaux de tous les enfants sont d'évidence les siens.

Quand on ne s'y connaît pas grandement en végétaux, ce qui fut longtemps mon cas, on préfère croire que ce qui les différencie avant tout, ce sont les fleurs, de par leur forme et leur couleur…

En fait, je me faisais des plantes l'idée qu'on peut en prendre chez le fleuriste : celles-là feront bien sur le piano, ces autres, plus petites et groupées, en surtout de table : n'ont-elles pas la couleur de mes assiettes de Limoges ?

C'est aussi ridicule que d'assortir son nouveau chien à son mobilier ou à sa toilette, ce que font pourtant certaines personnes.

En fait, les plantes ont des personnalités marquées, extrêmement variables d'une espèce à l'autre, voire d'un spécimen à l'autre, fussent-elles du même type, de la même origine, et portassent-elles le même nom – celui de rose, par exemple... Comme certains frères et sœurs qui se comportent à l'opposé tandis qu'on s'exclame, ébahis : « Pourtant, ils ont été élevés pareil ! »

Ainsi je pleure encore un certain rosier blanc, haut sur tige, dont je saluais tous les matins le présent : la rose née de la nuit... Mon premier bonheur de l'aube ! Je l'aimais, il m'aimait. Le Jardinier, ce jour-là mal inspiré, passant outre mon interdiction d'y toucher pourtant dûment exprimée, profita de mon absence pour le déplacer de quelques mètres... Mon rosier en mourut ! Je ne m'en suis pas consolée, bien que mon ami le coupable l'ait remplacé par un autre qui donne bien, mais qui n'est pas LUI, ne le sera jamais...

Chaque plante, si l'on consent à s'y intéresser, a son individualité ; ceux qui les élèvent le savent, et bien des personnes sont, comme moi, attachées à certains arbres ou arbustes, une plante en pot devenue leur compagne... Souvent, elles n'osent l'avouer, de peur de se faire moquer. Qu'elles se réconfortent et aillent de l'avant dans leurs sentiments. Un chanteur-poète n'a-t-il pas composé une chanson d'amour à l'intention de son arbre ?

Je précise que l'on peut aussi s'éprendre, oui, se prendre d'amour – c'est un genre d'adultère ! – pour une plante qui ne pousse pas chez soi… C'est mettre son cœur en danger : quel chagrin quand mon voisin de Ré a coupé son seringa que je caressais de l'œil par-dessus notre mur mitoyen, et quand mon voisin de Saintes a sacrifié un arbre à plumes de toute beauté que je pouvais admirer de mes fenêtres ! Depuis, l'auteur du crime est mort ; tenez-vous bien : il est tombé foudroyé, alors qu'il était encore jeune, à l'emplacement même de l'arbre exécuté. Est-ce parce que ce dernier n'était plus là pour le protéger ? Allez savoir…

C'est par superstition autant que par amour que j'interdis, quand je suis sur mon terrain, qu'on supprime certaines plantes, fussent-elles en train de dépérir.

En voie d'extinction, nous le sommes tous peu ou prou : est-ce une raison pour dispenser une euthanasie prématurée ? Profitons et laissons profiter les autres de la vie qui subsiste… Je connais un châtaignier, en bordure de l'autoroute des Oiseaux, en Charente-Maritime, si beau, si bellement couronné qu'il a été frappé par la foudre : une moitié de l'arbre s'est desséchée, mais l'autre continue de resplendir de feuilles et de fruits, sans compter les surgeons croissant à sa base… À chacun de mes passages, je crains que la voirie ne l'ait supprimé pour faire plus « propre ». Aussi l'ai-je photographié en arrêtant ma voiture sur la bande d'arrêt d'urgence afin d'en garder au moins l'image.

toyable tempête de la fin du siècle dernier.

En gros plan sur les clichés, pris sous leur meilleur angle, ces arbustes à adopter semblent plus merveilleux les uns que les autres. D'abord, ils sont présentés en fleurs ou en fruits d'automne, c'est un feu d'artifice de rouges, de roses, d'orangés, de jaunes, de blancs. À peine voit-on du vert... Quant aux noms, ils ne peuvent m'influencer, tant ils sont dans l'ensemble inconnus de moi, latinisés, trop longs. Qui désire avoir dans son jardin un zauschneria, ou un ailante glanduleux, ou un calycotome spinodsa ?

Des appellations « à coucher dehors », comme disait mon père de tout ce qui lui paraissait hors normes. Si se retrouver à la belle étoile ne saurait forcément déplaire à la gent végétale, l'incapacité de prononcer leur nom comme de le retenir risque de rendre bien morose leur acheteur potentiel, disons leur futur maître ! Quelqu'un qui va se chercher un compagnon à la SPA ne tient nullement à se faire remettre une bestiole nommée *Nabuchodonosor*, même si c'est un « petit nom charmant », comme l'Ignace que chantait Fernandel...

Non, pour me choisir une plante nouvelle, sa fiche d'identité ne me suffit pas : j'ai besoin de la voir vivre, et pas seulement en jardinerie, mais dans l'espace d'un enclos, voire en pleine nature...

C'est que les plantes ont chacune des qualités, à vrai dire des façons d'être que les photos légendées des magazines et leur papier glacé ne sauraient communiquer.

À commencer par leur taille : « Deux, trois mètres de haut maximum... », m'informe le Jardinier. D'abord, il y a une sacrée différence entre deux et trois mètres ; ensuite, compte aussi la largeur... Or, le développement d'une plante dépend du champ d'action qui lui est alloué, et de la composition du sol. Du climat, aussi.

En Ré, tout ce qu'on met en terre – ou qui y vient seul, amené par le vent et les oiseaux – pousse à la rapidité de l'éclair, et s'éclate... Dans le Limousin, où il faut compter avec la rudesse des hivers – la gent limousine est d'ailleurs plutôt courte et râblée –, c'est, au départ, un comportement plus lent… Mais quand le sujet a « pris », alors plus rien n'arrête sa montée vers le ciel. Mon chêne, mon marronnier, mon tilleul dépassent tout ce qu'on connaît dans la région… Il faut croire que mon bout de colline, bien abrité côté nord, doit leur convenir…

Toutefois, cette croissance illimitée comporte un danger ! L'araucaria planté par ma grand-mère – le plus haut de la région, m'avait affirmé Pascale, spécialiste du paysage limousin – n'a pas résisté à la tempête, il croissait pourtant dans un recreux de prairie. Mais, à force de piquer de la tête vers le ciel, celui-ci vient vous chercher…

Revenons aux traits particuliers qui font qu'aucune espèce de plante ne ressemble à une autre. En sus de la forme et de la taille, il y a la couleur. Là, il n'y a plus qu'à se faire peintre ou dessinateur – je m'y suis mise ! –, car il n'est pas de mots pour marquer la différence entre un vert – tenons-nous-en au vert – et un autre... Cela va du presque-bleu au presque-noir : la gamme est infinie... Une diversité qui m'évoque les liasses d'échantillons de mousseline ou de crêpe de soie que maniait ma mère, dans les années cinquante, en vue de sa collection de haute couture... Je ne sais comment elle parvenait à choisir et aussi à apparier. Moi, je les aurais voulues toutes, et toutes ensemble, ces couleurs divines !

La nature se débrouille sans nous pour choisir, éliminer, assembler : sur un même feuillage, vous avez deux ou trois tons de vert, ceux du dessus de la feuille, du dessous, de la tige, des nervures... Et je ne parle pas du tronc ! Savez-vous que certains amateurs de végétaux s'intéressent avant tout à l'écorce : il en est de sublimes, non seulement par leurs teintes, certaines surprenantes (roses, jaunes, cramoisies, lie-de-vin, bleutées, etc.), mais aussi par la façon dont elles se présentent : en lanières, comme chez le bouleau, en cartes de géographie (pensez au platane), hérissées, cabossées, nervurées, cannelées, boursouflées, boutonneuses, épineuses, en rigoles – bref, de quoi écrire tout un livre rien que sur l'écorce des arbres, qui se révèle plus différenciée d'une race à l'autre que l'est l'épiderme humain...

Les plantes ne mordent pas, croyez-vous ? Eh bien, c'est ce qui vous trompe ! Même si l'on n'est pas dans la jungle tropicale, chaque plante réserve un « accueil » différent à celui qui s'y frotte, entreprend de la toucher, de la caresser, d'en briser un rameau en vue d'un bouquet, d'une sensation...

Certains arbustes, comme le rhododendron, sont rudes, cassants, avec des feuilles si épaisses qu'on dirait de la peau d'éléphant (dans l'idée que je m'en fais...). D'autres sont duveteuses, à tel point qu'on se demande si elles ne sont pas urticantes... Telle l'ortie dont la rencontre, tôt faite dans la vie, reste marquante !

Et puis il y a les « doudous », des plantes qui semblent vous espérer, qui vous tendent leurs rameaux et leurs feuillages pour vous enlacer, vous abriter, vous cacher, vous rouler en elles – ainsi le charme, le si bien-nommé, ou les fougères, cette couche pour amoureux.

On peut imaginer un jardin où les plantes ne seraient admises qu'en vertu de leur tendresse, de leur civilité envers les humains ou de leur odeur.

On entre là dans un chapitre inépuisable auquel la ville de Grasse doit sa fortune et dont elle a fait son royaume – celui des parfums.

Comment choisir, se décider entre l'odeur qui émane de la rose et celle du jasmin, entre la senteur de l'iris, du foin coupé, du trèfle, de la lavande, du vétiver, et de plantes plus rares, plus discrètes, qui n'exhalent que si vous les froissez entre vos doigts : le romarin, par exemple, ou l'aneth… ?

Il existe à Mulhouse un Jardin des Senteurs. Le visiter, c'est entrer dans un parc aux délices d'autant plus magiques que l'essentiel de ce qui le compose est invisible… Toutes les plantes qui sont là ont leur mot à dire et ne s'en privent pas. Jardin pour non-voyants, aussi, lesquels y sont chaleureusement accueillis : les y voici plus à l'aise que nous – « aveuglés » que nous sommes par l'image, privés de ce fait de la même finesse d'odorat…

Le parfum fait-il la plante ? Ce que je sais, c'est que je ne peux m'approcher d'une espèce pour moi nouvelle sans lui chiper un bout de feuille que je choisis en un emplacement où cela ne saurait trop la dégarnir, pour le froisser puis le flairer, le mâchonner…

De la même façon, j'aime, quand un homme me plaît, humer la fragrance qui lui est particulière sur le coin de peau situé entre ses cheveux et son col de chemise (que je préfère ouvert), là, près du lobe de l'oreille, au creux du cou…

(Si vous aimez vraiment votre chien, soulevez son oreille et flairez ce qui se dégage en son creux : vous m'en donnerez des nouvelles ! Ma chienne le faisait à son fils qu'elle aimait tant : câlin suprême réservé aux amateurs !)

Il faut que je me renseigne auprès de

plus savant que moi : toutes les plantes produisent-elles quelque alcool – comme celui des fruits, qu'ils soient du pommier ou de la vigne – pour vous mettre dans un tel état d'exaltation quand vous en approchez le nez ?

Ah, les tas de marrons d'Inde que le vieux jardinier d'alors brûlait dans le bout sablé d'une allée, l'automne venu... Quelle volupté pour mes narines ! J'ai ressenti la même joie à Bagatelle où l'on entassait et calcinait les marrons comme à la campagne – c'était autrefois, quand je me promenais encore au bras de l'homme que j'aimais...

« Venez donc voir mon tilleul, il est tout en fleur et d'une senteur [illegible]... »
Ou : c'est un lilas plus précoce qu'un autre, des camélias de toutes couleurs, un rhododendron dans sa splendeur, qu'on vous convie à admirer.

Autant les gens n'osent qu'avec timidité et modestie vous présenter leur intérieur, ou, quand ils sont artistes, leurs œuvres peintes, dessinées, sculptées, autant, pour les plantes de leur jardin, aucune retenue !

Soulevée par un enthousiasme et une gratitude qui m'interdisent de garder pour moi seule un tel trésor — un pierre-de-ronsard couvert de ses roses de juin, par exemple — je me dis que ce serait de

« Venez donc voir mon hibiscus, il est tout en fleur et d'une teinte si rare !... » Ou c'est un lilas plus précoce qu'un autre, des camélias de toutes nuances, un rhododendron dans sa splendeur, qu'on vous convie à admirer.

Autant les gens n'osent qu'avec timidité et modestie vous présenter leur intérieur, ou, quand ils sont artistes, leurs œuvres peintes, dessinées, sculptées, autant, pour les plantes de leur jardin, aucune retenue !

Soulevée par un enthousiasme et une gratitude qui m'interdisent de garder pour moi seule un tel trésor – un pierre-de-ronsard couvert de ses roses de juin, par exemple –, je me dis que ce serait de l'avarice, presque de la méchanceté que de le garder pour moi seule.

Si la plante pouvait se déplacer, j'irais même l'exposer au milieu du bourg pour que tout le monde en profite!

À défaut, j'arrête les passants dans la rue : « Venez donc voir ce qui m'arrive… »

Mais il y a aussi les déceptions, les ratages. « Mon cerisier n'a rien donné, cette année, c'est à cause du gel… » Ou de la maladie! Ah, la maladie, c'est la terreur des amateurs de jardin, elle prend par surprise et si on en parle au singulier – on dit *la* maladie comme on disait de celle de Carré qui décimait naguère les chiots en bas âge –, elle revêt en fait bien des formes…

Pucerons, moisissures, champignons, sécheresse, manque de fer, carence en chlore… Les plantes sont comme les gens, perpétuellement menacées.

La vie de l'amateur de plantes s'émaille de bien des soucis et j'ai dû m'y faire, moi aussi. Renoncer à l'idée que la terre était une bonne mère pour ses enfants, qu'elle ne demandait qu'à les accueillir, les protéger, les aider à se développer et à s'épanouir en les nourrissant de son sein généreux…

Sans compter que le remède est parfois pire que le mal ! L'arrosage au désherbant d'une partie de notre allée commune par une voisine, laquelle avait retrouvé dans sa cave quelque bidon d'un produit banni depuis lors comme trop puissant, a consterné une partie de mon été : chaque fois que j'allais de ce côté-là, c'était la terre brûlée… Puis, au bout de trois mois, l'herbe s'est de nouveau aventurée sur un terrain lavé par les pluies torrentielles de cet été-là…

On rabâche tout seul dans son coin les inadvertances ou méfaits d'autrui, sans prendre en compte les bêtises qu'on a soi-même commises… Un arbre trop taillé, ou pas à la bonne époque, de l'eau de lessive répandue sur une pente en direction d'une plate-bande, un arrosage en plein soleil qui a racorni les hortensias, etc.

Chaque fois, c'est le même refrain, la même antienne : « L'année prochaine, je saurai faire, ça ira mieux… »

Le passage du temps, quand il s'agit

du jardin, est un bienfait aussi souhaité qu'à la suite d'un chagrin d'amour ou d'un deuil : « L'année prochaine, tout sera neuf, autrement, pansé, consolé... »

Enfin surviennent les beaux jours, et si les personnes croisées dans la rue arborent un si joli sourire, c'est qu'elles pensent à leur jardin qui en profite plus et mieux que personne.

Bien sûr, il y a des jardins ou des coins de jardin mieux exposés que d'autres, mais, quoi qu'il en soit, les plantes sont soumises vingt-quatre heures sur vingt-quatre au temps qu'il fait ! À mon sens, un petit bulletin spécial de la météo devrait leur être quotidiennement dévolu. Un discours qui irait parfois à l'encontre de celui qui ne semble s'adresser qu'aux promeneurs, baigneurs et autres pique-niqueurs. Ceux-là, un éternel beau temps les comblerait de bonheur ! Pas vrai du tout pour ce qui est des jardins : demandez-leur...

Moi, quand il pleut doucement, en été, je suis contente, mes plantes boivent l'eau aussi bien par leurs fleurs que par leurs feuilles et leurs racines... Elles ont besoin d'hydratation, comme ma peau, et un soleil perpétuel nous dessèche tout autant… Au reste, ne dit-on pas d'une jeune femme fraîche et éclatante qu'elle est une « belle plante » ?

Un jardin, c'est un coin de soi, ai-je écrit pour un livre illustré sur les jardins d'écrivains. Plus cela va, mieux je le constate. D'aucuns ont le jardin profus – comme l'est le style de certains auteurs. D'autres font dans le dépouillé, le strict, le compartimenté. Il y a des jardins « pensés », architecturés à l'instar des jardins publics… Le mien est à la va-comme-je-te-pousse – ou plutôt comme il pousse !

Oui, un jardin reflète la personnalité de celui qui le conçoit, l'entretient ou le continue, l'élevant comme on élève un enfant, avec parfois des vues un peu trop préconçues sur son avenir…

Pour les miens, d'un côté je continue

les grandes lignes tracées par mes prédécesseurs, de l'autre j'attends l'imprévu !

La nouveauté me vient de plantations que j'ai voulues ou que le Jardinier a laissées derrière lui, parfois sans m'en avertir, comme une pochette-surprise !

Je pourrais dresser la liste des arbres plantés trop rapprochés par ses soins – ou son manque de soin : ainsi un érable et un houx à Ré, un cèdre et un liquidambar autour de la maison du Limousin... Consulté, un paysagiste est catégorique : « Il faut abattre ! » Je plaide : « On ne pourrait pas déplanter et mettre ailleurs ? » L'homme est implacable :

– Trop tard !

– Alors, rabattre...

– Ça n'aura qu'un temps...

Je tergiverse puis renonce, comptant sur Mère Nature pour bien ou mal faire les choses : un arbre plus vigoureux aura la peau du plus faible... et je n'y serai pour rien !

Est-ce à dire que je fais partie de ces gens infoutus de rompre un lien amoureux ? Qui finissent par les multiplier et par rendre la vie impossible à tous leurs ex- et actuels conjoints ou amants, cette horde traînée derrière soi sans qu'on ose trancher à la hache avec aucun d'entre eux !

Mes jardins sont multiformes, encombrés – mais, parfois, quelle joie due justement à leur foisonnement ! Ainsi les trois phormiums arrivés minuscules dans ma plate-bande il y a trois ans, qui ont pour la troisième fois lancé vers le ciel des hampes noirâtres de trois ou quatre mètres ! Arborescence digne des tropiques, au pied de laquelle continuent de fleurir des petits rosiers blancs presque nains, des couvre-sols précédés par ces rampantes dénommées œnothères. (Vous connaissez ? Il m'a fallu un moment pour mémoriser leur drôle de patronyme en recourant à un truc mnémotechnique : « Euh, notaire ! »)

Ces notaires-là produisent une quantité invraisemblable de fleurs jaunes, lesquelles ne durent qu'un jour ou deux. Une bonne partie de mon activité jardinière consiste à débarrasser quotidiennement ces œnothères de leurs fleurs recroquevillées, difficiles de surcroît à arracher. Elles flétrissent mal, contrairement aux roses, aux pivoines et à d'autres belles qui s'évanouissent avec tant de grâce.

Sans parler des hortensias qui ont la mort sublime, et même sublimée : quand viennent les premiers froids, je coupe leurs têtes qui prennent alors des tons rosacés, et je les laisse se faner à sec dans les plus beaux vases de la maison.

D'habitude, je n'aime pas les fleurs séchées, ces nids à poussière, mais les hortensias, c'est autre chose, ils se nécrosent comme du corail et semblent n'avoir vécu que pour devenir des éléments de décoration.

Il s'agit de s'en défaire l'année suivante, dans le feu de la cheminée, par exemple, mais, là aussi, j'ai bien du mal : un an après, ils sont presque plus beaux qu'au premier jour, comme il arrive à certains centenaires... Et allez jeter au feu un vieillard sous prétexte que d'autres frappent à la porte – personnellement, je ne peux pas !

À mes débuts, rien ne m'a plus ennuyée que d'entendre parler de terre, qu'elle soit sèche ou grasse, spongieuse, calcaire, sableuse ou argileuse, et de la nécessité de la nourrir, de l'amender, cette terre, de lui apporter les éléments qui pouvaient lui manquer : fer, phosphore, fumier, engrais...

D'autant qu'à la regarder, comme ça, entre les herbes ou les tiges qui en sortent, je ne lui trouvais rien de particulier. Un peu plus brune, ou plus jaune, ou plus grise, et alors, qu'est-ce que ça peut bien faire ?

Ne pas tenir compte de la terre dont est composé mon jardin, seulement de ce qui poussait dessus, c'était comme dédaigner, si l'on est médecin, la santé d'une femme enceinte, faire l'impasse sur ce corps qui va donner au fœtus les éléments essentiels à son développement…

Avec pour résultat de se retrouver, en guise de rejetons, devant des plantes chétives, mal venues, qui ne « répondent » guère à l'arrosage…

Jusqu'à ce qu'un initié vous fasse remarquer que vous avez placé vos plantes dans un sol qui ne convient pas à leur espèce.

C'est lentement et je dirais presque à contrecœur que je me suis appris à considérer le terrain, à me renseigner sur sa nature, si je n'étais pas capable d'en juger par moi-même avant d'y mettre quoi que ce soit.

J'avais en tête l'image légendaire d'un homme qui prend une poignée de terre dans sa main et qui la soupèse, l'émiette, la hume avant d'émettre son verdict : riche, pauvre, bonne ou non pour y semer… Mais je devais me dire que ce savoir ne me serait jamais accessible. Bien qu'ayant, comme la plupart d'entre nous, des racines paysannes, je me sentais incapable, à la seule vue d'une poignée de terre, de tirer la moindre conclusion sur ses dispositions.

Moi, je ne sais qu'une chose : ouvrir un livre et juger de son style, de son poids de nouveauté, d'émotion, en somme de sa valeur littéraire... Là-dessus, je me fais à peu près confiance : l'expérience m'a confirmé que j'ai plutôt du flair.

Mais, pour ce qui est de la terre... Je ne peux qu'écouter ce que disent les uns, les autres, et poser des questions : « Pourquoi est-ce que mon oranger a jauni : il manque d'eau ? – Mais non, il manque de fer... »

Ces apports s'achètent dans les jardineries et je me force à prendre un air assuré face à l'homme qui va porter le sac jusqu'au coffre de ma voiture : « Il me faudrait vingt kilos de terreau » ou « J'ai besoin de terre de bruyère... » Plaisir de me mettre en avant, doublé d'une crainte : va-t-on me prendre au sérieux ? Ai-je assez l'allure de quelqu'un qui sait de quoi il retourne côté jardinage ?

Certains jours, j'erre dans mon jardin la tête basse, comme quelqu'un qui ne se sent pas à l'aise, qui ne se fait pas confiance, ne sait trop quelle décision prendre... Je vais vous dire : j'aimerais que les plantes aient la parole et me chuchotent, mine de rien, ce dont elles ont besoin. Parfois, ce serait d'une bonne coupe ! Cela me soulagerait. J'aurais moins peur de faire des bêtises...

En vérité, en tant que jardinier, je ne peux que m'avancer au hasard en comptant sur la bonne nature pour réparer mes erreurs, quand j'en commets.

D'où ma reconnaissance éperdue lorsque, en dépit de mes maladresses ou de mon ignorance, j'obtiens ce qu'en milieu scolaire on appelle des « résultats » !

Parfois excellents. Ainsi, je peux me réjouir d'un massif de pivoines de plus en plus fourni, planté par mes propres soins dans l'un de mes petits parterres de l'île de Ré en faisant fi de tous les pronostics : « Les pivoines, m'avait-on dit, ne viennent pas sous notre climat : trop de vent et de sel dans l'air... »

Et les miennes, alors : des tricheuses ?

J'en conclus, tenez-vous bien, que ce qui convient à un jardin, au-delà des engrais et autres apports, c'est l'amour !

J'aime mes pivoines, alors elles me le rendent !

C'est ainsi que le tour est joué.

À ce que je crois.

Depuis que je suis *enjardinée*, j'écoute d'une oreille plus qu'attentive tout ce qui se dit à la radio ou à la télévision sur mon beau souci, ma passion.

Ainsi ce cher Michel Lis, quel réconfort que cet homme-là ! À l'entendre, avec un rien de bouillie bordelaise et quelques grands coups de sécateur, tout ira pour le mieux dans le meilleur des jardins…

Il y a aussi les ténors « locaux », ceux qu'on aperçoit régulièrement sur le petit écran des télévisions régionales, tels que Maurice Lançon. Des anges, ces gens-là, munis de leurs cisailles, de leurs binettes, de leurs pulvérisateurs… J'en voudrais un chez moi à perpète.

Cela m'est arrivé une fois. Tenez-vous

bien : Michel Lis, qui est de ma région, les Charentes, s'est aventuré dans mon « timbre-poste » saintais en compagnie de son épouse... Que dire, que faire? Rien : juste rester plantée, moi, comme mes végétaux, à l'écouter ! Pas de présentation à faire, le cher homme savait parfaitement qui était qui, et me fournissait même les noms parfois savants de certaines de mes plantes ; lesquelles, j'en suis sûre, rougissaient de plaisir à se sentir reconnues et honorées par le maître.

S'il a désapprouvé l'un quelconque de mes arrangements, il ne m'en a pas soufflé mot ; sinon – il devait le pressentir – je l'aurais engagé sur-le-champ pour exécuter les grandes manœuvres et les déplacements suggérés... Nous avons seulement bu un petit verre de pineau, notre apéritif régional, et le maître est reparti vers ses propres domaines...

Le lendemain, une amie à qui je confiais ma fierté d'avoir reçu cette visite m'a ainsi félicitée de mon aubaine : « Madeleine, vous avez réalisé le rêve secret de toutes les femmes : avoir Michel Lis dans son jardin ! »

Le rêve féminin ne serait donc plus Don Juan, Stallone ou Paul Newman, mais Michel Lis ? Autant qu'il le sache et se méfie des invitations de certaines à venir admirer leur roseraie...

Je parcours aussi un nombre impressionnant de magazines sur les jardins, il en sort autant que de mode... Avec des sujets changeants, car les jardins ont eux aussi leurs modèles : depuis ceux « à la française » et « à l'anglaise », bien d'autres façons de les « habiller » sont passées par les têtes inventives de nos décorateurs-jardiniers. On devrait désormais nommer ceux-ci stylistes ou couturiers-tailleurs en jardins...

Depuis toujours – Hélène Rochas, entre autres, a créé le sien –, il y a eu le « jardin blanc ». Fleurs, buissons, arbres n'étaient tolérés que dans cette seule et unique tonalité... Maintenant, ce *total look* se pratique en rose, en rouge, en violet... Le bicolore aussi intéresse : mauve et jaune, orangé et bleu... Et connaissez-vous le jardin vert ? Oui, tout bêtement, car il n'y a pas que le feuillage, beaucoup de fleurs aussi viennent en vert.

(« Venir » : encore un mot emprunté à la couture, pris dans le sens de « se fait » ou « se trouve dans le commerce ».) Roses vertes, tulipes vertes, orchidées vertes, etc. Amusant ? Pour faire parler les visiteurs, oui, mais, pour moi, le jardin, ce bonheur de l'œil, se doit de décliner toutes les nuances de l'arc-en-ciel floral...

C'est du moins ce que je m'efforce d'offrir aux miens. Avec des tons parfois rarissimes, comme ceux des iris, lesquels « viennent » même en marron, en pailleté, en jaune ocelle, à l'instar des roses désormais bicolores, bigarrées, tachetées...

... À Paris, je me paie de rêves et de fantasmagories tandis que mes jardins s'habillent pour l'hiver loin de mon regard. En fait, je n'en puis plus : demain, je me libère de tout, je cours vers eux ! À moi, l'enfièvrement automnal !

D'abord dans le Limousin, toujours en avance sur les autres pour s'enfoncer dans la saison froide, puis en Charente... Il s'agit de ne rien perdre de cette beauté qui, de jour en jour, ne s'accroît que pour s'évanouir.

Les jardins reflètent-ils notre humeur ? En ces jours de novembre voués au souvenir, jours pluvieux, brumeux, parfois mortels – sur les routes –, mon jardin semble pleurer toutes les larmes que je retiens. Ce ne sont plus des feuilles qui achèvent de tomber, mais des sortes de chiffons marronnasses, caca d'oie, visqueux, gluants. Et ce qu'il reste des rameaux non taillés bat dans le vent comme des bras qui appelleraient au secours… Par-ci, par-là, un bouton de rose qui s'est trompé de saison cherche à éclore, et, au lieu de ça, pourrit… Débâcle !

Je ne compte pas, dans les dégueulis de saison, les pommes non ramassées, devenues compote pour insectes, les figues éclatées sur lesquelles on glisse…

– C'est donc là votre paradis, va-t-on me remontrer. Alors, ma p'tite dame, vous feriez bien de le nettoyer un peu…

– Mais je m'y emploie tous les matins, là où je suis ! Reste qu'à cette époque de l'année, juste avant le gel et ses rigidités cadavériques, tout est sans cesse à reprendre… D'ailleurs, dans les villes, sur les trottoirs et dans les parcs, des hommes s'activent continuellement avec balais, râteaux, aspirateurs à feuilles… Moi, je n'ai ni les instruments ni le loisir d'en faire autant !

– Alors, me conseillent les braves gens qui ont la prudence de ne point avoir de jardin à soigner en automne, il ne vous reste qu'une chose à faire !

– Laquelle ? dis-je sur le ton de l'espoir.

– Prenez un billet d'avion et partez sous des cieux plus cléments : Bali, le Sud marocain, les Caraïbes, ça ne vous tente pas ? Ce n'est pas trop cher, avant les vacances de Noël…

Je réfléchis un moment, puis réponds : « Non. »

C'est lorsqu'ils affichent leur détresse que mes jardins ont le plus besoin de moi. C'est alors qu'il faut les réconforter autant que faire se peut, les maintenir dans le droit chemin en redressant les tuteurs, en grattant les allées, en taillant ce qui est à ma portée, en charriant des sacs entiers de feuilles et de branchages jusque dans les décharges.

Partir au soleil vers un décor plus frais, des climats plus toniques, serait se comporter comme ces hommes qui abandonnent leur femme mûrissante pour s'en prendre une plus jeune et pimpante… Mais oui, cela se voit, je vous assure !

D'autres amènent pareillement leurs vieux chevaux, ceux qui ne gagnent plus de courses, à l'abattoir. Mais n'exagérons pas, ou plutôt oublions qu'il est de tels sans-cœur, même si c'est la nature elle-même qui donne parfois l'exemple… Elle s'est livrée à des coups bas tout l'été, et c'est maintenant que ça se dégarnit que je m'en aperçois.

Les reines-marguerites se sont tellement multipliées qu'elles ont presque étouffé deux rosiers Matisse, j'arrive à temps ! Il va falloir dégarnir ces vilaines, de même que les anémones du Japon, lesquelles poussent partout sans y être invitées... Les iris aussi ont souffert de l'anarchique prolifération de l'abutilon. Repartiront-ils suffisamment au printemps ?

Inquiétudes que le Jardinier vient apaiser : lui ne s'en fait pas. Il pioche, bine, bêche, ratisse, déracine et m'indique les plantes fragiles à emmailloter dans cette espèce de plastique transparent qu'on se procure au mètre dans les jardineries.

Pour lui, l'hiver est un moment de tranquillité, il reprend son souffle en même temps que la nature, et je devrais en faire autant. Écrire un roman, par exemple...

– Savez-vous, m'avait confié un ami – je peux le citer : c'était Claude Gallimard – qu'il faut composer son jardin en vue de l'hiver ? L'été, cela va toujours, il y a du feuillage, de la couleur, mais l'hiver, vous ne pouvez compter que sur l'architecture des allées, des bassins, s'il en est, et surtout des persistants…

À l'époque, pour ce qui est des jardins, je ne faisais que les regarder par les fenêtres, ou m'y balader sur talons hauts… Toutefois, son conseil m'est resté en mémoire, comme tout ce qu'on vous dit sur la venue de l'âge et ses difficultés… Vous avez beau nourrir l'illusion que, jeune encore, vous n'avez rien à en faire, de ces conseils de vétérans, vous les enregistrez comme malgré vous. Mon père me disait que, passé le temps de la bohème, mieux vaut habiter en rez-de-chaussée du fait que l'escalier devient l'ennemi, et comme il avait raison ! Mais, au premier temps de la valse, on vous embête avec ces suggestions restrictives de votre liberté d'être et d'agir – vous ne serez jamais vieux, c'est promis !

Pourtant, quelque chose en vous, sans doute de mieux averti, peut-être d'ancestral ou même de génétique, retient ce genre de dires. Vous faites provision de phrases, de devises, de dictons, de recettes pour l'hiver de la vie, comme un écureuil engrange faines et noisettes en vue de la période glaciaire.

Je savais d'avance que je devrais, l'hiver, m'appuyer sur ce qui résiste et perdure. L'if, déjà. « Une belle pièce », m'avait dit un amateur dès qu'il eut pénétré chez moi. Dans le Limousin, ce sont les buis centenaires qui maintiennent verdoyant le paysage. À Ré, c'est un cyprès, le persistant, et un houx, lequel prend soudain tout son sens festif, avec l'arbousier. De même les boules de buis aux quatre coins du gazon qui revêt sa cotte de boue jusqu'à la percée des premiers crocus – mais nous en sommes encore loin...

Enfin, surtout, je me réjouis de cette gloire des jardins en hiver : les camélias ! Est-ce dû à la consistance épaisse de leurs feuilles luisantes ? Toujours est-il que l'hiver est leur saison royale ! Il en est de toutes les variétés, des plus précoces aux plus tardifs, des blancs, des roses, des panachés, des jaunes, des nains et des géants...

C'est un autre ami du temps de mes débuts en jardinage, Frédéric Rossif, qui m'a initiée aux camélias. Il s'en était planté des buissons entiers dans sa maison du bord de Loire, à Saint-Gemmes. C'était sa passion, son secret – peu de gens allaient le visiter jusque là-bas. À chacun de ses séjours dans ce coin de Touraine qui était devenu son refuge, il allait s'acheter un nouveau plant de camélias d'un genre et d'un nom différents. Lorsqu'il recevait une personne qui lui semblait en valoir la peine, il lui faisait faire le tour de ses camélias, d'autant plus qu'il y en avait toujours quelques-uns en fleur. Petites fleurs pullulantes ou énormes éclosions, plus raides et impeccables dans leur blancheur que celles en tissu qu'on achète chez Chanel pour les épingler à son revers, comme des bijoux qu'ils sont.

Les miens sont nouveaux, à peine un mètre et quelque, mais déjà très actifs, et si je n'en ai pas encore comblé mes jardins, il est vrai que j'ai plaisir, d'une année sur l'autre, à leur rajouter un compagnon ; lequel, à la fin de l'automne, au début de l'hiver, me prouve qu'il est pos-

Tout bien considéré, je ne suis pas seule dans mon jardin ! J'ai eu du mal à l'admettre, car l'un de mes plaisirs, celui qui justifie tous mes efforts, c'est de posséder un coin de terre bien clos, bien à moi, où personne n'aurait le droit de m'envahir. À tel point, tenez, que je puis m'y promener toute nue – pas de fenêtres étrangères donnant sur mes terres ! –, ce que je ne manque d'ailleurs pas de faire... par tous les temps ! C'est sain, vivifiant, naturel, magnifique !

Il y a quand même des voyeurs. Et même des squatters...

Déjà, les oiseaux : cela va de la tourterelle à la mésange, de la corneille au passereau en passant par la pie, le sansonnet, le geai, les merles, les martinets... Les mouettes, elles, ne font que croiser haut dans le ciel, mais on les entend ricaner : « Je te vois, ha-ha-ha ! »

Que de petits nids cachés dans le laurier, la vigne, l'if!... J'entends pépier au printemps ; je vois passer des personnes ailées très affairées, un petit quelque chose dans le bec... Je m'émeus, je crains pour les nids, chasse les chats... Eux aussi vont et viennent dans mes jardins, au grand dam des chiens qui aboient, se fâchent, beaucoup plus scandalisés que moi par ces intrusions félines !

Mais il y a plus étrange ou moins plaisant : à Ré, l'été, grand raffut sur le faîte du mur dissimulé derrière les rameaux du mûrier-platane. Que se passe-t-il ? Un python ? Mais non, des rats, rien que des rats... Du genre mulot ? Plus gros que ça, et même d'un calibre impressionnant, sans doute ce que La Fontaine appelle « rat des champs ». Ils trottent comme chez eux, passant par les murs mitoyens, voyageant d'un jardin l'autre, particulièrement attirés chez moi par les fruits du mûrier-platane. Les chiens ont renoncé à s'en affecter : agiles, se servant au besoin de leur queue pour se suspendre ou se rattraper, ces intrus sont vite hors d'atteinte, sauteurs, faufileurs, malins comme des singes dont ils ont les mauvaises manières...

– Vous devriez mettre du poison, ou des pièges !

– Tant qu'ils n'entrent pas dans la maison, il n'en est pas question...

– Mais ils y viendront !

– Les chiens ne laisseront pas faire...

Les campagnols ont donc leurs entrées sur mes domaines, comme leurs cousins, les mulots. Mais qu'en est-il des serpents ? Par bonheur, il n'y en a pas à Ré ni à Saintes, et j'en remercie le Ciel ! Leur présence me déplaît souverainement et dans le Limousin, on ne peut y échapper : nos vieux murs – le jardin est en terrasses – leur fournissent des abris sûrs et ensoleillés, des trous presque invisibles d'où ils s'extirpent pour aller se prélasser sur les marches de l'escalier moussu ou au beau milieu des allées.

Les couleuvres, passe encore, leur mue ramassée porte bonheur, mais les vipères... Je n'aime pas les savoir chez moi, comme une menace ; quand on en aperçoit une, on se refile le mot : « Il y a une vipère dans le mur, à droite du jardin, du côté des reines-marguerites… » On ne s'aventure plus là qu'avec un bâton, les yeux grands ouverts et en faisant résonner ses pas – la vibration du sol les inquiète et les fait regagner le fin fond de leurs abris. Mais les chiens ? J'ai peur pour eux qui ont la truffe un peu trop curieuse… Et je crains aussi pour les enfants qui – j'en ai fait partie ! – aiment bien enfoncer des bâtons ou leurs petits bras dans les trous. S'il s'y cachait jamais quelque trésor ?

Autres importuns : les taupes. On ne les aperçoit guère, mais leurs monticules surgissent en chaîne au cours de la nuit. Les chiens vont les flairer tandis que je déplore le mal fait au gazon ! Comment les combattre ? À chacun sa méthode ; tout me va, du moment qu'il ne s'agit pas de poison… À cause des chiens, là encore !

À cause d'eux je n'apprécie guère non plus la sortie nocturne du crapaud. Mais c'est justement parce que je les aime, ces gros ventrus verruqueux. Or les chiens, on ne sait pourquoi, adorent les taquiner, les voir bondir, les faire crapahuter de leur plus vite, car ils ne sont guère comestibles et tout bon toutou le sait !

Moi, je m'inquiète du jeu : si le crapaud allait leur projeter son venin dans les yeux ? Je dispute les chiens, de même que le crapaud auquel j'enjoins d'aller prendre son bain de lune ailleurs...

En revanche, la nuit venue, j'apprécie le vol bas et velouté des chauves-souris ! Elles ne me font pas peur et j'ai le sentiment que c'est réciproque : il leur arrive de m'effleurer du bout de l'aile...

Par-dessus tout, je m'enchante quand j'entends le ululement d'un oiseau de nuit, chouette, hibou, effraie, je ne sais trop, mais leur cri – est-il de ralliement ou de guerre ? – me plonge dans un univers de contes, de sorcellerie et de fantômes... Il n'en est qu'un ou deux à la fois, car chacune de ces magnifiques créatures emplumées s'octroie un territoire et n'y tolère la présence d'aucune autre. Longtemps nous avons même connu un hibou blanc...

C'était bien sûr dans le Limousin où viennent aussi jusqu'au jardin, à l'aube, quelques grands animaux de la forêt comme les chevreuils – on en voit un, parfois, dont la silhouette s'esquisse dans la brume, au bout d'une allée, à nous épier.

Bien sûr, en dépit des exterminateurs, il y a aussi quelques lièvres et des renards qui laissent exprès, la nuit, leur odeur au pied du gros chêne pour agacer les chiens, lesquels, au matin, reniflent éperdument – en vain… Ces visiteurs du petit matin sont repartis dans leurs cachettes et leurs terriers pour la journée.

Non, je ne suis décidément pas seule en mes jardins. Car vous l'avez relevé : je n'ai pas encore parlé des lézards ni des insectes, qui méritent à eux tous un chapitre à part…

Les statistiques sont impressionnantes : les vrais et légitimes habitants de la Terre seraient, de très loin, les insectes. Et si certaines espèces disparaissent ou se raréfient, comme chez les oiseaux, les mammifères et les poissons, d'autres prolifèrent. Ainsi les fourmis. Leur poids organique, a-t-on calculé, serait aussi important que celui de l'humanité entière !...

Je partage donc mes jardins avec une infinité de bestioles, les unes invisibles à l'œil nu, telles les bactéries, ou seulement repérables si on les examine à la loupe, infimes pucerons, moucherons, les autres, plus rares, d'assez belle taille : scarabées, bousiers, cigales, lucanes, hannetons, capricornes, cétoines, vers luisants, sauterelles, cigales, papillons…

À vrai dire, je n'en tiens pas compte – ou seulement pour m'en défendre : si je m'assieds à même l'herbe ou si j'étends un couche-partout dans le jardin, je me soucie d'éviter la proximité d'une fourmilière. Ce qui n'empêche pas les bestioles de venir voir ce qui se trouve à leur portée. Rien de plus désagréable qu'une fourmi qui s'insinue entre chair et chemise… mais de plus charmant qu'une coccinelle qui vient faire compter ses taches noires – ses années, disent les enfants – avant de s'envoler, car elles ont des ailes…

Il y a bien sûr les araignées. Avec ces coquines-là, j'ai des rapports complexes : jamais je ne détruis volontairement l'une de leurs toiles, et s'il m'arrive d'en abîmer une, tissée de la nuit et que je n'ai pas aperçue – elles s'emploient, paraît-il, à choisir l'angle qui va rendre leur piège invisible –, j'en suis navrée… Je m'excuse à voix haute de mon forfait, tout en me dégageant des infimes fils gluants – rassurée depuis qu'on m'a dit que ces tisserandes, ces pénélopes refont leur travail tous les jours : le rompre est donc moins attentatoire que je ne le pensais.

Toutefois, les grosses, les bien velues, le genre « veuves noires » qui s'introduisent dans la maison en profitant de la vigne vierge, celles-là j'en crains la venimosité. Mais je ne les écrase pas. J'ai un moyen infaillible d'expulser les intrus non volants. Un bébé lézard, par exemple. Je lui colle un verre dessus, puis je glisse une feuille de bristol sous le verre et j'emporte la bestiole captive jusqu'au jardin où je la relâche.

Mes seuls ennemis, à l'encontre desquels je me révèle sans pitié, ce sont les frelons. Là, pas de quartier : il s'agit de les chasser hors de chez moi, de les anéantir, si possible, de trouver leur nid et d'avertir qui de droit à la mairie... Le frelon est mortel ; le bourdon, pas du tout ; le taon, l'abeille non plus – sauf pour les allergiques –, quoique leur piqûre soit douloureuse et à fuir...

C'est dans le Limousin que, depuis toujours, j'entretiens avec les abeilles des relations de courtoisie et même d'amitié.

Pour des raisons touchant la disposition des lieux – ou la transmission de messages –, depuis mon enfance des abeilles sauvages viennent établir leur ruche à gauche de la tour ronde, sous la forte avancée du toit, dans des encoignures qu'on a vainement tenté de supprimer.

Un matin, l'un ou l'autre d'entre nous s'y exclame : « Ça y est, les abeilles sont là ! »

Jamais les mêmes, puisque nous demandons à un apiculteur de venir les ramasser afin de les mettre en ruche chez lui, rayons de miel compris.

Reste que cette capture ne peut avoir lieu qu'en début d'hiver, quand la population est endormie, et il va nous falloir cohabiter avec elle tout l'été. Cela se fait sans dommage et même avec agrément : au moindre rayon de soleil, on les entend bourdonner au-dessus de nos têtes, mais elles pénètrent rarement dans la maison ; encore moins à la cuisine où elles pourraient butiner la confiture et les fruits laissés sur la table…

Non, elles vont s'approvisionner à l'extérieur. Parfois, c'est repérable : on les voit voleter en masse sur les fleurs du tilleul, des pins, des troènes ; mais, la plupart du temps, elles vont si loin qu'on ne les rencontre pas. Elles sont par les champs.

Nous piquer ? Jamais, à croire qu'elles savent que nous sommes leurs hôtes. De temps en temps, elles viennent mourir à l'intérieur, sur les marches de l'escalier de la tour, passant par je ne sais quelle fissure ou fenêtre ouverte, et cela me fait un peu de peine de trouver là leur petit corps noir et jaune, tout recroquevillé, plus léger qu'un duvet…

Si les abeilles sont des insectes civilisés, je n'en dirais pas autant des fourmis qui s'obstinent à venir en colonnes se noyer dans les restes alimentaires, s'engluer dans le miel, les plats sucrés, tout ce qu'on a laissé hors du réfrigérateur. On les combat à l'aide de produits insecticides qu'on n'aime guère devoir pulvériser trop près des aliments, mais que faire d'autre ? La fourmi ne se raisonne pas, elle recommence, n'a pas l'air de vous voir – contrairement aux abeilles – et ne tient aucun compte de vos desiderata ni de vos interdits. Noyer une centaine de fournis dans l'évier ne me fait aucun chagrin, alors que je secours volontiers les araignées, bien sûr aussi les scarabées, les cerfs-volants et toutes les autres espèces qui composent mon bestiaire entomologique...

Nous laisserons cependant de côté les mouches, ces emmerdeuses, et les moustiques, cette peste du soir. Dans la journée, ils doivent se planquer, craignant le soleil et la lumière, mais quand vient la tombée du jour, par temps chaud et humide, c'est l'attaque... Il en est de toutes sortes : des gros inoffensifs, les « cousins » ; des moyens qui préviennent de leur approche par un zinzonnement qui ne trompe pas... On peut agiter la main, quérir de l'essence de citronnelle si on a eu le temps de voir foncer l'ennemi... Les pires sont encore les petits, ceux qui vous attaquent les jambes sous la table du dîner dressée sous l'arbre où il fait si bon se détendre... Soudain, on se surprend à se gratter ! Que m'arrive-t-il ? En fait, le corps est prévenu de l'agression avant la tête, mais trop tard : la démangeaison devient furieuse et peut durer des jours. Les remèdes de bonne femme – citron, ail, persil, vinaigre – ne sont que des palliatifs. Certains de mes hôtes réclament pour la nuit ces sortes d'ampoules qu'on branche sur une prise et dans lesquelles un produit diffuse une odeur qui, paraît-il, éloigne les assaillants... Quant aux pulvérisateurs, bienheureux s'ils ne vous asphyxient pas avant d'avoir consommé leur mousticocide !

En revanche, il y a les merveilles, à commencer par les papillons. Ils se font rares ; aussi, quand il en passe un, c'est le branle-bas général : « Tu as vu, un queue-de-paon ! Ce qu'il est beau !... », ou alors c'est un sphinx. Et de retenir chiens et chats, trop amusés...

Les voici qui volettent de fleur en fleur, de la rose au lilas, de l'aubépine au seringa ; est-ce le parfum qui les attire ou les couleurs ? Il leur arrive de se poser sur la manche d'une robe qui, peut-être, leur a paru digne d'être une corolle... On rit, on s'attendrit. On en voudrait plein le jardin. Hélas, le bel objet s'est envolé dans toute sa grâce...

Deux trois fois l'an, mon jardin exige d'être livré aux mains expertes du Jardinier. C'est indispensable : entre la vigne vierge qui s'est expatriée sur les toits, la glycine qui empiète sur le voisinage, la bignone dont les rameaux touchent terre, le figuier ou le mûrier-platane qui prolifèrent à qui mieux mieux, je ne tiens plus le coup !

Il faut tailler grave, arracher les restes des vivaces qui ont fait leur saison – impatiens, bégonias, géraniums que je ne puis abriter pour l'hiver –, raser les hortensias dont j'ai recueilli pieusement les plus belles fleurs pour les mettre à sécher. Il y a aussi le forsythia et le lagerstroemia qui demandent à être raccourcis pour mieux s'épater dès le printemps prochain.

C'est nécessaire, indispensable, profitable, et j'ai bien de la chance de pouvoir m'offrir ce luxe : un Jardinier qui vient chez moi !

Toutefois, je tremble.

La veille, je fais une dernière fois le tour de mon jardin défait, hirsute, *punky*, diraient les jeunes ; je tente de mesurer le travail à accomplir pour qu'il rentre dans le rang. Se police. Redevienne un jardin bien élevé, bien léché…

L'opération tient du toilettage de chien – mais, chez les bêtes, il arrive que le trop « tondu » aille dissimuler sa honte sous un meuble, ce qu'aucun jardin ne saurait faire…

En fait, cela va plus loin qu'un toilettage, cela relève en réalité de l'opération chirurgicale, ou encore de la confection d'une toilette chez une petite couturière à façon.

On se rend chez elle comme chez le chirurgien esthétique ; aux deux on expose ce qu'on attend d'eux, tandis qu'ils répliquent en exposant ce qu'ils croient possible de faire, ce dont ils se portent garants ou pas : « Dans un tissu pareil, je ne pourrai pas faire des fronces... » ; « Un nez plus court n'irait pas avec le reste de votre visage... »

Il en va de même pour le Jardinier : il a son point de vue, il y tient, et il a les moyens de me l'imposer !

Tôt ce matin, le voici qui sonne à ma porte, accompagné de ses deux aides. Il a garé son camion non loin du portail et, sitôt que j'ai ouvert, ces gens en extraient toutes sortes d'instruments : sécateurs, serpes, tondeuses, cisailles – disons le mot : leurs « scalpels » ! Mais il n'y aura pas d'anesthésie, alors que j'en aurais bien besoin pour mon propre compte...

Je commence par vouloir faire le tour des lieux avec le chef, Jean-Marie. Ce qui, je le sens, l'impatiente : il sait ce que doit être son travail, il a déjà tout jaugé, il se souvient de l'année dernière, il connaît son patient.

Mieux que moi !

À ce qu'il croit...

En dépit de sa hâte mal camouflée, je

lui expose mes soucis. Massif par massif, plant par plant :

– Je trouve que le lagerstroemia a moins fleuri, cette année.

– C'est qu'il se fait vieux.

– J'en ai vu de plus gros et de plus vieux dans le Jardin public : ils étaient resplendissants…

– Il faut tailler plus fort…

– Vous croyez ? J'aurais dit le contraire…

Je plaide aussi pour que les jeunes branches des rosiers grimpants ne soient pas émondées, mais attachées sur les treillis pour former un « jardin vertical », un mur de feuillage qui va me protéger du regard des voisins.

– Oui, oui, lâche l'homme sur un ton de condescendance.

Je ferais mieux de m'occuper de mes écritures, doit-il penser ; qu'est-ce que j'y connais, en jardin, quand lui a des diplômes durement obtenus ?

Mais je suis aussi « cliente », et il se doit de tenir compte de mes souhaits, lui parussent-ils aberrants.

Reste qu'un coup de sécateur est si

vite donné ! Comme chez le coiffeur qui vous raccourcit à l'excès votre frange ou vous « rafraîchit » exagérément la nuque, tout en bavassant avec quelqu'un d'autre – juste pour « faire propre ».

De fait, mon Jardinier est chez moi pour faire du propre. Je l'admets. En même temps, je suis comme tous les créateurs, je voudrais qu'« il ne touche pas à mes papiers » – à mon désordre (apparent). Ou alors, le moins possible.

Que ne suis-je capable d'escalader une échelle, d'emporter seule des tonnes de branchages et de feuillages jusqu'à la décharge !

Mais je ne le suis pas. Non. Pas plus que de m'opérer moi-même de l'appendicite ou de me fabriquer un tailleur dans le beau tissu ramené du marché Saint-Pierre.

Je suis obligée de faire confiance, de m'en remettre à autrui.

Mot terrible, du moins pour moi qui aime avoir l'œil à tout. Je traîne dans le jardin, m'impose, me prends les pieds dans le câble de la tondeuse, bute sur les sacs de terreau, évite de peu les dents du râteau…

Ils sont trois et je ne saurais les surveiller tous. Parmi eux il y a une femme, je tente d'en faire ma complice – les femmes, n'est-ce pas, sont plus maternelles ; elle va comprendre qu'il ne faut pas toucher, ou à peine, au vieux rosier rouge qui orne la porte de la cuisine. Ce faisant, elle va « m'épargner », car c'est de moi qu'il s'agit encore plus que de lui…

… La journée a fini par s'écouler, le soir tombe, et on vient me dire que c'est terminé. Les outils sont rangés, on a balayé les feuilles mortes, ratissé l'allée, débarrassé le monceau de matière végétale devenue « déchets ». Dont il m'arrive d'extraire quelques tiges encore fleuries pour les disposer dans un vase, les chouchouter l'espace de quelques jours…

Bon, c'est fini, je remercie, dis au revoir, referme la porte et me retourne.

Hum, c'est propre, taillé, impeccable. Mieux que ça : architecturé, planifié. Au carré ! En ordre, quoi.

Et personne n'est mort : nous sommes sortis vivants de l'épreuve.

« Nous ? » C'est qui, ça ? Eh bien, mon jardin et moi !

« Défense de déposer de la musique le long de mes vers ! » lança un jour un poète exaspéré. Côté jardin, vous pourrez vous démener autant que vous voudrez, vous n'aurez guère plus le moyen de vous défendre que les morts au cimetière : on viendra planter dans votre lopin !

Avec la meilleure foi du monde, dans l'intention de vous faire grand plaisir, de vous combler, de vous étonner : on a vu une si jolie plante dans une jardinerie, alors on en a acheté un petit plant, et le voici, est-ce qu'il ne fera pas bien chez vous, dans le coin, là, près des bruyères ?

Ou c'est pour votre anniversaire, quelque chose de beaucoup plus gros : un laurier-rose – j'en ai reçu un qui ne cesse de proliférer, il se plaît chez moi, c'est évident, mais toujours est-il que je ne l'ai pas « voulu ». J'ai été forcée de l'adopter, d'abord avec son berceau – le container –, puis, voyant qu'il y était à l'étroit, on l'a mis en pleine terre, sous le prunus. Lui, c'est monsieur Sans-Gêne, il expulse les rosiers nains hors de son entourage… Quel envahissant cadeau !

Autres présents : des plantes aromatiques installées par Émilie qui parfois s'exerce à la cuisine – basilic, thym, persil, ciboulette… Parfait, mais on ne m'a pas mise au courant : j'étais absente et, à mon retour, un petit potager se prélassait près de l'appentis. Utile, parfumé – après tout, pourquoi pas ?

Il en est de même dans le Limousin où Marcelle – hélas disparue – s'était répandue en plantations de son goût. Je dirais aussi en expérimentations : elle prenait un rameau de ci ou de ça et le mettait en terre pour voir ce que ça allait donner – et ça poussait.

J'en étais réduite à timidement m'informer :

– Qu'est-ce que c'est que ça ?

– Un surgeon de l'érable rouge… Je crois qu'il a pris!

Comme elle avait la main verte et le cœur chaud, tout prenait avec elle.

Je n'avais plus qu'à m'incliner. De bonne grâce, au demeurant, et si j'en parle, c'est pour dire que vous n'êtes pas maître de vos terres : ces ares ou ces hectares de terrain, qu'ils soient vierges, en friche ou plantés, représentent pour autrui une tentation permanente. Chacun porte en soi un petit jardinier doublé d'un grand expérimentateur. On ne volerait pas un grain de riz, mais s'arroger le droit de planter chez le voisin n'effraie personne… Au contraire, ces braves gens sont convaincus de me faire autant de cadeaux!

En fait, ils se comportent comme la nature, laquelle ne me demande pas la permission pour semer et ressemer des roses trémières dans les coins les plus inattendus. Surprise-surprise! Dans le genre beaucoup plus encombrant : un figuier que je peux dire sauvage est venu exploiter le seuil de la cuisine, à Saintes, et je suis obligée de le faire abattre tant il a pris d'ampleur, d'insolence, jusqu'à étouffer les camélias et ébranler le mur !

Des pieuvres, les figuiers et leurs racines ! Sans compter les figues qui s'écrasent mollement sur le sol, sur votre tête, sur les meubles de jardin – et pas même bonnes…

Les occupations de mon territoire ne s'arrêtent pas là : il a même surgi deux palmiers ! Oui, vous avez bien lu : des palmiers sont venus tout seuls chez moi, et en trois ans ont pris plus de quatre mètres. Leur « papa » est de l'autre côté du mur, immense et déplumé du haut, ce qui ne l'a pas empêché d'essaimer. De mon côté…

– C'est votre faute, va-t-on me dire, vous n'aviez qu'à déraciner la chose lorsqu'elle était tout bébé !

– Certes, mais c'était mignon, une petite pousse avec des feuilles persistantes en forme de palmes. Qui n'est ému par ce rappel de climats enchanteurs… Cela pousse donc par ici ? Chez moi qui ne suis jamais partie sous les tropiques ?

C'est ainsi qu'on se fait peu à peu occuper – je ne dis pas expulser, ce serait injuste, mais, enfin, j'ai parfois envie de dire : « On n'est plus chez soi ! »

L'a-t-on jamais été ? La propriété est un leurre, la terre est à tout le monde, c'est par entente cordiale qu'on s'occupe d'un arpent plutôt que d'un autre, et lorsque autrui, épaulé par dame Nature, décide de venir vous « aider », il ne vous reste qu'à vous incliner.

En fait, je suis très heureuse de pouvoir me dire : là, c'est le laurier-rose de Julie ; ici, le chèvrefeuille de Benoît ; l'if de Fernand, le lagerstroemia de mon père, les hortensias de ma mère, le gingko de Jean-Pierre, le châtaignier greffé de Simone, les iris d'Andrée, le rosier blanc de Claude, etc.

– Et toi, qu'est-ce que tu as planté, dans tout ça ?

– Laissez-moi réfléchir... Ce pied de bruyère, peut-être, et trois rosiers achetés à Courson. Aussi les chrysanthèmes mille-fleurs que je récupère chaque fin de novembre sur mes tombes pour les remettre en terre jusqu'à leur floraison prochaine, puis ce sera derechef le transport au cimetière... Non par avarice, mais je supporte mal de jeter des plantes sous prétexte qu'elles ont « servi » et joué si fugacement leur rôle…

Et puis, à dire le vrai, moi aussi je plante chez le voisin ! Un rosier Mermaid ne me doit-il pas d'occuper tout un mur ?

Mettre sa patte chez autrui, y laisser sa trace est un vif plaisir, et je comprends qu'on vienne en jouir chez moi.

À charge de revanche…

Une autre des illusions de l'apprenti jardinier consiste à s'imaginer qu'on peut planter des espèces différentes côte à côte comme on dispose des bibelots dans une vitrine, sur un meuble, un dessus de cheminée…

En tenant compte avant tout de l'effet que cela produira.

Ce qu'on ne sait pas – pas encore, car on va vite le découvrir – c'est qu'il y a des plantes qui voisinent mal ou même pas du tout.

Chacune dégage non seulement une odeur, un parfum, mais des sécrétions qui, si elles nous échappent, peuvent nuire à l'entourage ou, au contraire, favoriser sa croissance.

Le Jardinier le sait mais n'en tient pas

toujours compte : il s'agit, n'est-ce pas, de vous satisfaire avant tout ! Vous voulez une bordure d'hortensias le long de votre clôture au soleil ? Bon, allons-y, et vous verrez ce qui se passera en plein midi, au mois d'août... Oh, ils survivent parfois, mais chétifs, presque décolorés... Les impatiens aussi ont besoin d'ombre. Mais il n'y a pas que le soleil à éviter : certains arbres, tel le noyer, ne réussissent guère à leurs voisins.

Cette alchimie est préservée dans la nature : qui n'est pas fait pour s'acoquiner ne vient pas pointer le bout de son nez là où une espèce ennemie occupe la place...

Mais nous, humains prétentieux, tenons peu compte de ces affinités naturelles. Mon rhododendron a phagocyté l'azalée, qui partage pourtant son goût pour la terre de bruyère dont on avait gavé leur commune plate-bande.

Certaines espèces envahissent tout en quelques saisons, ainsi les anémones du Japon, la passiflore, le liseron, la passerose, la glycine, la vigne vierge, évidemment, avec un tel entêtement, une telle alacrité d'ogres qu'on finirait par les haïr.

J'ai appris à manier le sécateur, couper ces si mignonnes pousses toutes neuves, en arracher les rejets, en fait les tentacules.

Elles continuent à tenter le coup : on est bien là, on a envie de faire souche, de se reproduire – essayons, pourquoi pas ?

Eh bien c'est non ! Je préfère mes rosiers, mes clématites, mes hortensias, mes hibiscus, mes buis, tous ces êtres de qualité, qui ont de la tenue, capables de vite dépérir et dégénérer – si on ne les protège pas –, à la folle sarabande des plantes que je n'appellerai pas nuisibles, mais « squattantes ».

Mon voisin aussi a ses indésirables : un sapin de Noël qui ne cesse de prendre de la hauteur et qui devient si beau qu'on n'ose plus intervenir... « Et si on ne lui coupait que la tête ? – Ce serait hideux ! » proteste sa femme, relayée par moi. Il était si gentil, ce sapinet, quand il était enguirlandé pour Noël, maintenant on dirait que le jardin lui appartient.

Que de gens ont vu un cèdre occuper

majestueusement tout l'espace devant leur maison, s'octroyer tout l'air, toute la lumière… mais c'est impérial, n'est-ce pas, un cèdre, et cela anoblit son propriétaire !

Personne n'ose à son endroit prononcer le mot de « parasite » – pourtant, c'est ainsi qu'il se comporte et il n'y a que dans les jardins ci-devant du roi, maintenant parcs nationaux, que des jardiniers patentés ont le courage – c'est aussi leur fonction – de ne faire aucun sentiment !

Il faut vraiment qu'on m'embête pour que je consente à ce que le sécateur ou la hache passent à l'acte.

Ce jour-là, je vais me promener ailleurs, je reviens en n'ouvrant qu'à demi les yeux…

Miracle : tout est propre, soigné, reluisant comme après le passage d'une excellente femme de ménage.

Oui, on a fait le ménage dans mon jardin et je m'en réjouis. Il ne me reste qu'à interdire à ma mémoire de songer aux « chers disparus ».

Posséder un « jardin secret » est une expression courante, toutefois, je ne connais guère d'exemple d'un individu possédant un jardin où nul autre que lui-même ne pénétrerait jamais…

En vérité, tous les jardins se créent à plusieurs – ne serait-ce qu'avec le Jardinier –, et c'est collectivement qu'ils s'entretiennent et se chérissent.

Quand je dis « mes » jardins, bien que cela signifie que j'en suis propriétaire sur le papier et responsable financièrement, ils sont en fait ouverts à la promenade des uns et des autres, ainsi qu'à leur repos.

Rien ne me fait plus plaisir que de voir l'un de mes hôtes, ayant déplié une chaise longue sur la pelouse ou à l'ombre d'un arbre, en été, y lire tranquillement son journal ou un livre, le chien couché à ses pieds.

Le jardin a trouvé sa destination première : un lieu de tranquillité et de détente.

Ce peut être aussi un lieu de réception – en été, à Ré, on déjeune et dîne souvent sur la terrasse en bois de teck ; ou sous le figuier, à Saintes.

Ces lieux clos de verdure embaumant le jasmin, l'iris, la rose, le géranium, relèvent de l'enchantement. Les adultes me disent s'y complaire, les plus jeunes n'ont pas l'air conscients qu'ils se trouvent dans un endroit d'exception, un petit paradis à la fois naturel et artificiel, mais je sais qu'ils se le remémoreront bien plus tard. L'associant, je l'espère, à ma personne, aux souvenirs qu'ils garderont de moi, et que ce sera l'un des meilleurs : « Quand on était dans le jardin de Madeleine... »

Et puis il y a les fêtes, je les donne avec d'autant plus de joie que si l'on est d'humeur à en organiser une, c'est qu'on est hors de la peine, en tout cas ces jours-là.

Mais, tout en lançant mes invitations,

j'éprouve quelque réticence, non pour les fleurs et les arbustes qui ne pourront souffrir d'être admirés – mais pour la pelouse. Je sais qu'elle sera en partie sacrifiée, foulée aux pieds… Tant pis : elle repoussera, c'est son métier, sa destination de relever l'échine après les va-et-vient, qu'ils soient humains, animaux ou instrumentaux.

Dès qu'une fête est programmée, je considère le jardin d'un tout autre œil. Le voici devenu « décor ». Plus exactement, je dois l'habiller comme on fait d'une mariée ou d'une personne qu'on pare pour quelque cérémonie.

Inutile de dire que toute fleur fanée est ôtée, tout branchage superflu émondé ; je raccourcis les branches du saule pour que ne s'y emmêle aucune chevelure…

Ce travail-là, je ne le fais pas toute seule, il y a toujours une ou deux jeunes personnes pour m'aider, prenant plaisir à ce que Kafka a nommé « préparatifs de noce à la campagne ». Toute fête dans un jardin prend en effet des allures de noces.

En quel sens ? Je ne saurais le dire exactement tant il est subtil, variable. D'un côté, je présente mon « époux » – ne suis-je pas mariée avec mon jardin ? D'un autre, j'espère y attirer quelque homme, lequel, charmé, décidera, ce soir-là ou un autre, de rester avec moi. Avec nous – mon jardin et moi !

Dans l'espoir, peut-être, de ressusciter ce qui fut pour moi mes plus belles fêtes champêtres : celles que j'organisais à Saintes autour de mon père et de ses amis... À l'âge qu'il avait magnifiquement atteint, ses meilleures relations n'étaient plus toutes jeunes, mais c'était un bonheur – pour moi – de les voir se grouper parmi les fleurs, autour de tables basses garnies de gâteaux, d'orangeade, de flûtes de champagne...

Ils étaient si heureux d'être ensemble, une fois de plus, peut-être la dernière, et ils pépiaient comme font les étourneaux réunis dans les arbres à l'heure du coucher. D'autant plus qu'on parle fort quand on entend moins bien...

Les gâteaux, les anecdotes, les souvenirs consommés, l'assemblée dispersée, le dernier invité parti et dûment raccompagné, avec canne et tout, jusqu'au seuil de notre petite maison de province – attention à la marche ! –, il m'est arrivé de voir mon père pleurer : c'est que la fête était finie. Toutes les fêtes, peut-être…

Mais l'une d'elles venait encore d'avoir lieu, n'est-ce pas ?

Grâce au jardin.

Mes premières robes, dans ce tissu anglais qu'on appelle du liberty, étaient parsemées de fleurettes. Je les vois encore, c'était la marque conjointe de la féminité et de l'enfance...

Des semis de fleurs, on n'en voyait pas que sur les petites filles : il y en avait partout, sur les murs tendus de toile de Jouy, sur le chintz, le damas, le velours, le satin qui recouvraient bien des sièges, ou brodées sur les draps, les serviettes de table, évidemment peintes sur les services en porcelaine de Limoges – des splendeurs ! –, gravées ou moulées sur l'argenterie. Et ma mère portait des bijoux floraux dont une splendide broche représentant une fleur en diamants.

Nous vivions parmi les fleurs, comme la plupart de nos contemporains.

L'histoire des arts décoratifs nous apprend qu'il y eut beaucoup de décors floraux, surtout du temps de l'Art déco, moins dans les années vingt plutôt vouées au graphisme, à la ligne, à la courbe – en fait, les fleurs étaient toujours là, mais tendaient à devenir abstraites –, et, depuis, c'est reparti au galop... Les fleurs, il s'en épanouit à profusion chez tous les couturiers : imprimées, brodées, incrustées, rapportées, fichées au revers, au cou, le long d'une couture, sur les chapeaux bien sûr, mais aussi sur les chaussures, entre les orteils... Les parurières qui créent et réalisent des fleurs en tissu, en cuir, en paille, en bois, en plumes, en papier, en carton – en fait, dans tous les matériaux imaginables –, travaillent de plus en plus.

Il en va de même pour ce qui est de la lingerie, du linge de maison – draps, nappes, couettes –, mais aussi pour les ustensiles de cuisine et les pièces des services de table : la fleur, la plante y abondent, nous tendent le sucre, rampent sur nos cuillers et fourchettes, dispensent poivre et sel… À croire que l'on vit dans la jungle, ou dans une serre, en fait dans un jardin !

Cette manie du floral et du végétal hante certains inventeurs d'objets : vient ainsi d'avoir lieu une exposition dédiée aux petits jardins artificiels en tout genre, en toutes matières, de toutes tailles – dans mon enfance, on appelait ça des jardins japonais… Nous les avons rejoints, les Japonais, et même parfois dépassés dans l'imagination… débridée !

Fleurs aussi dans ces boules de verre que l'on renverse pour qu'il pleuve de la neige ou des gouttes d'or…

Fleurs tatouées sur les jeunes peaux, et quant aux bijoux-fleurs, ils sont légion…

Est-ce le végétal en nous, notre réseau de veines et d'artères, l'arborescence de nos neurones qui cherchent ainsi à s'extérioriser ?

On peut constater qu'il n'y a jamais eu autant de plantes d'intérieur dans les foyers français – vraies ou fausses, mais ces dernières si bien imitées que je m'aventure à les pincer en douce pour voir si elles réagissent...

À propos de réaction : la psychologie des plantes, on peut même dire leur traitement quasi psychanalytique, ont fait de sacrés bonds en avant !

N'importe qui, désormais, vous incite à parler à vos amis végétaux s'ils doivent subir un traumatisme – il faut les prévenir ! – ou s'ils semblent dépérir.

Il y a beau temps que je le fais instinctivement. Alors que j'étais en grande angoisse, à quelques semaines d'entrer pour la première fois en analyse, un été, je me souviens d'avoir passé des heures à tenir... la main d'une plante ! En fait, le dernier bout du rameau de l'arbre sous lequel j'avais installé une chaise longue. Il faut dire que l'homme que j'aimais était loin et ne songeait guère, lui, à me tenir la main. L'arbre, en revanche, se laissait faire, et la chaleur de la vie se propageait par sa sève, de lui à moi. Il m'a aidée à survivre – d'ailleurs, je suis là pour le raconter.

D'où ma souffrance immédiate lorsque j'entends, proche ou lointain, le bruit d'une tronçonneuse, et je zappe dès qu'on veut me montrer à la télévision tous ces grands arbres qu'on abat…

Je ne parlerai pas ici de la tempête de 1999 ni des suivantes : j'ai raconté mon désarroi et celui de tant d'autres dans un roman, *Dans la tempête.* Rien que me remémorer ce que nous avons perdu, tous ces vieux ou jeunes compagnons de vie, me fait mal, même si je cherche et trouve des consolations à constater, par exemple, que la lumière est revenue là où elle n'était plus. Il y a désormais de belles clairières et bien des arbres souffreteux, enfin au large, peuvent s'épanouir pour remplacer ceux qui les surplombaient. En outre, on a la faculté ô combien plaisante de pouvoir planter des enfants-arbres… Dans certains parcs et jardins bien traités, la mort d'un arbre, c'est la chance de plusieurs autres…

Mais qu'on ne me dise pas que les plantes ne sentent rien, je sais qu'elles ont peur – de la hache, des virus aussi – et qu'elles tremblent. Des études l'ont prouvé : quand certaine maladie menace une espèce d'arbre, ceux qui ne sont pas

débarrasser du lierre qui s'en approche et de la mousse qui ne demande qu'à la verdir.

À Saintes, où trônaient déjà deux chapiteaux installés par l'un de mes ancêtres, je ne sais trop lequel, peut-être Fernand, mon grand-père, j'ai rajouté une urne qui m'a tapé dans l'œil dès que je l'ai aperçue chez l'antiquaire de la rue Georges-Clemenceau. Je n'ai fait ni une ni deux, je n'ai pas même consulté mon porte-monnaie qui se serait crispé, j'ai dit : « Je veux, j'achète : apportez-moi ça tout de suite dans mon jardin ! »

Ça, c'est une urne ma foi fort belle de proportions, dont la singularité consiste en deux chiens sis sur ses anses, le tout en pierre. J'ai perdu des chiens, hélas, les miens et ceux d'amis. Dans mon esprit, cette urne constitue une manière de stèle à leur mémoire... L'un, c'est Mambo à qui j'ai dédié *La Maison de Jade*. L'autre ressemble tellement à Roxan, le « chien le plus laid du monde », qui a vécu dans le Limousin et dont j'ai tant apprécié l'intelligence... Quand je m'approche – tous les jours, pour aller au garage – de la vasque que je veux dépourvue de fleurs, je parle aux deux chiens, les rassure sur mon amour inébranlable, leur demande de me protéger sur le bout de chemin qu'il me reste à parcourir avant de les rejoindre.

Non que je craigne trop les agressions, la ruine ou d'autres maux – comme l'inondation de la Charente que nous avons connue en ce jardin même –, mais, certes oui, les blessures faites à l'amour : par la disparition d'êtres chers, justement, ou par certains oublis ou trahisons... Ce sont mes seules véritables souffrances, désormais. Et les chiens le savent, car ils éprouvent les mêmes.

Toutefois, je me retiens de transformer aucun de mes jardins en cimetière. Une fois, une seule, j'y ai enterré un chat bien-aimé, et ce bout d'allée est pour moi un lieu douloureux où je m'aventure le moins possible. Mes autres animaux sont partis en fumée : il n'y a que la pierre sculptée pour les représenter en mes jardins.

À vrai dire, un paysage est comme une écriture, il comporte un message. Il faut toute une vie et parfois plus encore pour le déchiffrer, comme, dans la nouvelle de Borges, le prisonnier qui tente d'interpréter les rayures du tigre en cage qu'il n'aperçoit que quelques minutes par jour…

Sans doute est-ce pour cela que je ne me lasse pas de circuler dans mes jardins ou de les contempler de mes fenêtres : quelque chose s'y forme, un « dit ». Je ne saurais clairement l'énoncer, mais je sais qu'il m'imprègne peu a peu.

Et si aucun mot ne se discerne, il en émane à coup sûr une musique.

Tout jardin est une partition.

La chantent des voix divines.

L'été, il y a foule végétale en mon jardin, comme pour une grande réception, et lorsque je m'y promène en tant qu'hôtesse, je suis bien obligée d'avouer que je ne reconnais pas tout le monde !

Allez vous rappeler des patronymes comme rudnicka, kituchidara, astilbe, skimmia przevalskii...

Ces gens-là ne pourraient donc pas s'appeler Rose, Jasmin, Capucine, Jacinthe, comme tout le monde ? (Je vous fais d'ailleurs remarquer que ces jolis vocables sont autant de prénoms pour les filles... Des petits noms charmants qu'on n'aurait garde d'oublier !)

Vous en voulez d'autres ? Iris, Véronique, Anémone, Muguette, Marjolaine, Angélique, Violette, Valériane, Marguerite, Lilas, Hortense, Églantine… Il y a aussi Prune, et même, pour un garçon, Narcisse…

Alors que yucca, psittosporum et rudbeckia se retrouvent très peu fréquemment sur les actes de naissance !

Et encore, ceux-là je les connais et les reconnais, mais la triste et stupéfiante vérité est que j'héberge chez moi des spécimens de végétaux dont j'ignore totalement l'identité. Ce ne sont pourtant pas des intrus, je les soigne, les arrose, les admire autant que les autres, en arrive à dire à monsieur le Jardinier :

– J'en voudrais d'autres, des comme ça…

– Des comment ? me demande-t-il au téléphone avant d'aller faire ses emplettes dans les serres.

– Celles qui ont un petit capuchon rouge, de grandes feuilles dentelées, des tiges blanc-vert et des graines qui piquent…

– Des fremontias ?

– Peut-être bien.

Pour une bonne partie des « sans-nom-connu-de-moi », je les ai repérés.

Mais il y a toutes les espèces végétales qui sont venues d'elles-mêmes, apportées par le vent, les oiseaux, sous les semelles des visiteurs, et dont je ne sais trop si j'ai un intérêt esthétique à les conserver, ces vrais cadeaux du Ciel, ou à les déraciner vite fait.

Ainsi, j'ai un faible – qui n'en a ? – pour les pâquerettes – nom de fille, là aussi –, mais j'aime également les pissenlits, tenus en horreur par le Jardinier, et aussi ces menus machins bleus que ma grand-mère appelait les « yeux du petit Jésus » (d'autres ont les yeux brique : le mouron rouge ?). J'aime aussi le chiendent – régal des chiens –, le plantain et ces graminées en forme de légers plumets : brize, pâturin des prés... Et puis les coquelicots, ces presque disparus. Bref, tout un petit peuple de plantules que je ne saurais évoquer, puisque j'ignore le plus souvent leur nom, leurs mœurs, leur faculté de se reproduire ou non, leur aptitude à transformer mon bout de gazon en prairie sauvage où le trèfle, le fameux oxalis, finit par dominer...

Il n'y a pas que les peintres et les dessinateurs pour concevoir des jardins de rêve : bien des écrivains en proposent à leurs lecteurs, et comme rien de la réalité ne les retient, ce sont les plus beaux du monde.

En ces enclos-là, tout n'est que luxe et volupté... Chaque fleur, chaque feuille, chaque brin d'herbe n'a qu'une raison d'être : satisfaire les vœux des promeneurs, apaiser leurs soucis s'ils en ont, rassasier leur soif d'harmonie et, au besoin, de solitude...

Oui, les jardins littéraires sont des lieux enchantés, tel celui des Hespérides, et je n'en citerai qu'un : celui d'Edgar Poe dans l'une de ses *Histoires grotesques et sérieuses.* Dans le Jardin d'Arnheim, conçu et exécuté par un mécène furieusement riche, tout était artifice autant que naturel. Une armée – invisible – de jardiniers s'employait tous les matins à rectifier ce que la nuit aurait pu y apporter d'anarchique. M'est restée en mémoire la colline de fleurs : de son sommet jusqu'à la base, laquelle se reflétait dans un lac transparent, c'était une avalanche de corolles de toutes couleurs… Pour magnifier sa vision, Edgar Poe compare ce déferlement floral à une cascade de pierres précieuses…

Ainsi sont les poètes, quand il s'agit de jardins : ils veulent faire plus fort que la nature ! Est-ce possible ? Non, puisqu'une seule de mes roses suffit à m'éblouir autant que tous les trésors d'Ali Baba.

Longtemps j'ai cru que la condition faite aux arbres était l'immobilité... Que seules leurs graines, légères, pouvaient migrer, ou alors les jeunes sujets peu enracinés qui se laissent encore transplanter. Mais l'arbre parvenu à l'âge adulte, j'étais convaincue que son sort était fixé : il ne lui restait qu'à grandir, s'épanouir avant qu'on l'abatte ou qu'il se dessèche sur son lieu d'ancrage.

C'était pour moi l'évidence, jusqu'à ce que je voie monter vers notre Nord relatif une puissante armée de troncs en marche : des oliviers adultes, pleins d'âge et de sagesse !

Leur première apparition me frappe dans le Lubéron où mon beau-frère possède un domaine autrefois agricole.

Jean-Louis ne cesse de rénover les vieux bâtiments, d'y adjoindre des annexes, d'y aménager des jardins, et, chaque fois que je m'y rends, c'est la surprise ! Cette fois elle est de taille : la maison, isolée jusqu'ici, est ceinte d'une oliveraie quasi centenaire. J'ai le sentiment d'avoir la berlue, ou de commencer à perdre la mémoire !

– Dis-moi, Jean-Louis, comment se fait-il qu'à ma dernière visite je n'aie pas remarqué ce grand bois d'oliviers contre la maison ?... Ils doivent être âgés. Pourtant, leur vue ne s'est pas imprimée dans mon souvenir. Cela m'inquiète pour mes facultés d'observation...

– Ne t'en fais pas : il y a deux ans, ces oliviers n'étaient pas là !

Mon étonnement va progressant.

– Mais comment sont-ils venus jusqu'à toi ?

J'apprends alors qu'il suffit de le souhaiter et d'en payer le prix pour se retrouver d'un jour à l'autre entouré d'oliviers déjà grands !

Un miracle que l'on doit aux nouvelles technologies sur le transport et le creusement du sol, mais surtout à la nature même de cet arbre admirable.

Célébrer l'olivier, je ne m'y risquerai pas après tant d'aèdes et d'écrivains qui s'y sont voués depuis des siècles. L'olivier est présent chez Homère, dans la Bible, le Coran, chez Pagnol, Giono, partout où il est des hommes qui rêvent de bonheur – et un climat suffisamment sec...

L'olivier n'aurait qu'une exigence : pas trop d'eau à son pied, il n'est ni saule ni peuplier. Il lui faut aussi sa ration de soleil... Pour le reste, il peut supporter – pas trop longtemps – une température au-dessous de zéro. Et si l'on peut aisément transplanter des sujets centenaires, cela tient à l'une de ses particularités : il ne projette pas loin ses racines, contrairement aux résineux et à des feuillus tels que le chêne.

Il faut savoir qu'un chêne s'étend sous terre aussi loin que dans l'espace. J'ai moi-même remarqué, en butant sur ce qui en affleure au sol, que c'est le cas du plus vieux des miens : ses racines arrivent à l'aplomb de sa couronne.

L'olivier, en revanche, les garde ramassées sous lui, ce qui rend sa motte facile à déterrer puis à transporter. Le voilà devenu olivier errant. À preuve : j'en ai deux dans mon petit jardin de l'île de Ré !

À l'époque où ils m'ont été proposés par le Jardinier – en fait une Jardinière –, ils étaient encore onéreux ; la mode des oliviers ayant commencé à faire fureur, ils le sont de moins en moins. Toutefois, comment se fait-il que leurs propriétaires s'en séparent ? À une certaine époque, l'olive et ses dérivés se vendaient moins bien et certains agriculteurs trouvaient avantageux de monnayer ces seigneurs, parfois plantés par leurs ancêtres… Qu'ils en aient eu le cœur, c'est leur histoire et leur affaire, non les miennes.

Toujours est-il qu'il y a quelques années, la Jardinière m'en propose un, déjà grand et, me dit-elle, particulièrement décoratif grâce à la forme tarabiscotée de son tronc. Aventureuse comme il m'arrive d'être face aux nouveautés – pas toutes ! –, je lui donne mon accord et vient le jour de l'arrivée de l'arbre.

J'ai photographié son débarquement : le trou est creusé, une grue hisse l'arbre fourchu par-dessus mon muret pour l'y déposer délicatement. Avant qu'on remblaie, la Jardinière le fait pivoter sur lui-même pour s'arrêter à l'angle sous lequel il donne le meilleur effet, comme on fait d'un chapeau sur une tête, tandis que l'entourage donne son avis… Finalement, l'olivier est présenté d'une façon qui satisfait tout le monde et il y est toujours : tordu, un peu souffreteux, cherchant le soleil par-delà le mur. Je me rends compte (lui aussi) qu'il n'est pas à l'emplacement idéal – ce n'est pas lui qui l'a voulu… –, mais il s'en accommode de bonne grâce.

Je dois avouer que je n'ai pas été peu fière, moi la Limousine, de me retrouver en tête à tête avec un olivier, à découvrir, saison après saison, ses us et coutumes. À un moment, il se couvre de petites grappes verdâtres – ses fleurs – aussi légères que des plumes. Puis surgissent ses fruits, une pointe d'épingle qui devient une jolie protubérance lisse, ovale – en forme d'olive ! Certaines années il y en a beaucoup, d'autres moins.

J'en suis là de ma satisfaction quand la même Jardinière, afin de dissimuler au plus vite le mur blanc et aveuglant de la maison de mon voisin, me propose de donner un petit frère à l'olivier, un sujet plus jeune et déjà haut qu'elle a sous la main et qui attend d'être adopté.

Là encore, je dis oui, mais ce n'était pas une très bonne idée car l'emplacement décrété se révéla vite inapproprié : trop près du mûrier-platane, lequel prenait de plus en plus d'insolente envergure.

Entre les deux espèces, ce fut la guerre et je compris que le jeune olivier courait le danger d'être étouffé.

Je m'informe : est-il possible de le déplacer à nouveau, quoiqu'il soit foisonnant et en apparence content ? « Ne vous en faites pas, me répond-on, l'olivier est solide, il suffit de le tailler après l'opération et il reprendra de plus belle. »

Hélas, quelques mois plus tard, c'est le drame : l'horrible tempête du 27 décembre 1999. En son nouveau lieu, l'olivier se trouve exposé directement au vent et s'il ne fut pas déraciné – il était encore souple –, dans les jours qui suivirent il perdit toutes ses feuilles. Du fait de la saumure qui l'avait « salé » comme on fait des poissons pour les conserver…

Par l'effet des embruns, cette tempête ne fit pas qu'arracher les arbres, elle recouvrit le sol loin dans les terres d'une couche de sel qui brûla tout. « Même les machines », me confirma un ami, menuisier à Saintes, qui dut remplacer les siennes.

Ce vent qui souffle à plus de deux cents kilomètres heure écrête la mer et la diffuse dans l'intérieur des terres. (Ne voit-on pas parfois, dans le Midi, une mince pellicule de poussière rouge sur nos voitures, qui serait du sable du Sahara ?)

Ce n'est que plus tard, quand la végétation meurt et se dessèche, qu'on constate ces dégâts-là. La plupart des persistants sont brûlés : lauriers-roses, pins, oliviers et bien d'autres perdent leurs feuilles.

J'avais pourtant aspergé dès le lendemain au tuyau d'arrosage, mais la brûlure, d'abord invisible, a lieu sur-le-champ.

Et mon jeune et si bel olivier ressembla vite à un arbre mort ! Le plus vieux aussi était atteint, protégé toutefois par le mur, lequel d'habitude le dérange. Il conservait quelques ramures.

J'étais fort triste quand survint le Sauveur. Un spécialiste des oliviers, l'expert en matière de coupe et de soins à leur prodiguer... Frédéric réside à Perpignan où il passe le plus clair de son temps de paysagiste à tailler les oliviers, branche par branche, branchette après branchette, pour que ces êtres dociles prennent une forme touffue, harmonieuse, de pyramides ou de parasols.

C'est Jean-Gab qui me l'a fait connaître. Propriétaire d'un parc aux environs de Saintes, lui aussi ravagé par la tempête, il s'est constitué, en guise de consolation, un bois d'oliviers âgés aussi fourni que celui que j'avais pu admirer dans le Lubéron.

Ces seigneurs, dont certains venus d'Espagne, présentent toutes sortes de formes et l'on peut se croire, par moments, dans un jardin conçu par un peintre chinois. Bonheur de la vue, du cœur, de tous les sens...

Mes sujets à moi sont bien maigrichons à côté des siens, n'empêche : tous les propriétaires – les gardiens ! – d'oliviers se sentent secrètement solidaires et se réjouissent à l'unisson d'une implantation réussie chez d'autres qu'eux.

Cette communauté s'élargit, qu'ils soient jeunes ou vieux, les arbres sacrés débarquent en nombre croissant dans nos Charentes et je leur souhaite de rencontrer, eux aussi, l'homme qui saura leur parler à l'oreille. (Dans l'expression « dur de la feuille », ne compare-t-on pas les oreilles à des feuilles ?) L'olivier nous fait la grâce de conserver sa ramure toute l'année, d'être donc toujours généreux, car le feuillage est un don – qu'on apprécie mieux encore l'hiver.

M'enchante également chez l'olivier sa couleur, ce gris-vert si doux, proche de celui des amandes... Quant aux olives, chacun sait qu'elles sont un concentré de vertus, à commencer par la succulence.

L'olive nourrit, son huile est si riche qu'elle redonne des forces à qui en manque, et son commerce en fait vivre plus d'un... Entre l'homme et l'olivier, c'est un pacte millénaire. Et même si l'on n'est pas récoltant, tout jardin assez méridional se devrait d'en abriter au moins un... S'asseoir sous un olivier, c'est gagner en sérénité.

D'ailleurs, mon premier regard, quand je rentre dans mon jardin de l'île, est pour les miens : tels des paratonnerres vivants, je sens qu'ils s'appliquent à me protéger des rigueurs du cosmos.

La nature, semble-t-il, n'en fait qu'à sa tête et une multitude de maximes, locutions, proverbes s'empressent de le souligner : *La nature reprend toujours ses droits… ; L'homme est peu de chose face à la nature… ; Finalement, c'est la nature qui a le dernier mot… ; Chassez le naturel, il revient au galop…*

Et l'humanité de subir ou de contempler, sidérée, parfois désespérée, les éruptions volcaniques, les tremblements de terre, les inondations, les raz-de-marée, les sécheresses, les feux de forêts… quoi encore ? Les pôles qui tendent à se réchauffer, les vagues de froid qui ratiboisent les espèces frileuses : figuiers, mimosas, vignes, palmiers, magnolias…

Oui, la nature tient les rênes du vivant et, semble-t-il, ne les lâche pas.

Sauf dans le périmètre de nos jardins.

Là, stupeur : c'est à une tout autre personne qu'on a affaire, obéissante, serviable et se laissant guider...

Je n'ai découvert que petit à petit l'infinie et si bonne disposition du végétal à faire ce qu'on lui dit, en somme à servir.

Et je vois bien, dans certains jardins, que la nature se réjouit de faire exactement ce que lui demande le Jardinier : les plantes s'alignent, ne débordent pas, fleurissent à foison, et, à l'heure dite, se font discrètes, s'il le faut, ou envahissantes quand il s'agit de dissimuler un mur, de former une tonnelle, un abri de verdure... Trois coups de sécateur et madame ou mademoiselle la Plante change avec bonne grâce de direction, se contente d'un rien de terre ou d'une gorgée d'eau... La voici domestiquée, dressée mieux qu'un cheval d'école, qu'un chien de cirque...

D'ailleurs, on la fiche en pots, sur les balcons, les terrasses, dans des bouteilles, on l'emprisonne à l'intérieur de nos appartements, et elle se plie à nos exigences, elle fait nos quatre volontés !

Je suis de plus en plus convaincue que la nature aime à servir l'homme et qu'elle est dans tous ses états de bonheur lorsqu'elle peut se présenter à lui dans ses plus beaux atours, parée, maquillée, peignée, embijoutée, dans un grand parc comme ceux tracés par Le Nôtre ou l'un de ses successeurs.

Ou tout bonnement dans mon jardin !

D'ailleurs, je n'arrête pas de la photographier, ma top-model, ma star, ma petite fleur...

Inutile de vouloir le nier, un jardin, pour chacun de nous, c'est avant tout des fleurs, et les fleurs, c'est la couleur par excellence !

Qui dit couleurs peut aussitôt ajouter « goûts » !

Car rien n'est plus variable et en même temps plus constant que les exclamations des uns et des autres – les miennes y compris – face à l'arc-en-ciel, à l'infini nuancier des tons que nous propose la Nature par l'entremise des fleurs, de leurs corolles et de leurs calices, de leurs feuillages, de leurs étamines et de leurs pistils, en fait de toute leur anatomie…

Un matin, rien ne me paraît devoir surpasser le rosier-ronsard qui se décline du rouge sang, à l'extrême bord de ses pétales, jusqu'au rose de sa robe, pour finir par le blanc neigeux de son cœur... Sans compter que ce miracle que représente une seule rose se reproduit – jamais à l'identique – des dizaines de fois sur cet arbuste-là, pour recommencer un peu plus loin sur son jumeau.

Oui, j'ai envie de réveiller la maison entière, de battre le tam-tam, de faire carillonner les cloches de l'église : le ronsard est à son apogée, accourez tous voir !

Je fais quelques pas et tombe sur les grosses têtes de l'agapanthe, ciselées comme aucun ouvrier, aucun artisan n'y parviendrait ! Son bleu ardent est mis en valeur par les queues de renard lie-de-vin contre lesquelles ces drôles de dames se détachent... N'ai-je pas une écharpe de ce rouge-là : avec mon chandail bleu vif, voilà qui va faire merveille...

Souvent, une proposition de couleur que me fait mon jardin m'incite à me précipiter dans mon armoire. J'ai envie de les « porter », ces coloris, dans leurs dissonances qui ont dû inspirer bien des peintres et, à leur suite, les couturiers.

Quand j'entends le Jardinier – a-t-il appris ça dans son manuel ? – me déclarer qu'il vaut mieux ne pas mettre les impatiens roses trop près des soucis orangés, j'ai envie de lui dire : « Cause toujours ! » – je sais déjà que je vais passer outre ! Il n'a pas dû contempler suffisamment les tableaux de Matisse, de Bonnard, ni assister à une collection de Christian Lacroix, ce maître coloriste de la couture.

Toutes les couleurs vont ensemble, et la nature nous le prouve à chaque instant : qu'elles soient opposées, complémentaires ou en camaïeu... Rien ne me plaît davantage, sur une personne, qu'une belle diversité de blancs, l'un neigeux, l'autre plus crème ou écru... La nature en fait autant, non seulement dans le même massif, mais sur la même efflorescence.

Celles qui s'amusent à battre des records de couleurs saugrenues en été, ce sont nos roses trémières. Je ne sais par quel croisement provoqué par les oiseaux, le vent, les insectes, mais ces dames, qui ne cessent de proliférer, trouvent moyen de nous décliner toute une gamme de tons invraisemblables : rosé, rouge, blanc, jaune, bien sûr, plus toutes sortes de teintes à peine esquissées dans le crème grisé, le rouge prune ou le rose moucheté… Le tout serré, emmêlé l'un contre l'autre, à défaillir.

De quoi ? D'extase, oui, de quelque chose qui ressemble à l'orgasme. Cela pourrait-il venir par l'œil, l'orgasme ? Il faut croire. Alors vite, des sels, je sens que je pars en loques face à mon jardin… !

Ma parade – tout à fait insuffisante, pour ne pas dire inappropriée –, c'est l'appareil photo, ou, mieux, le pastel, l'aquarelle. Mais le résultat est toujours décevant, bien en dessous de ma vision : rien ne vaut cette taquine de réalité.

Taquine, parce qu'elle se dérobe à la vitesse de la lumière.

Hier, l'arbre de Judée, qui débutait sa floraison, était rose pâle, ce matin il est déjà plus rouge, et je sais qu'au crépuscule il y aura du mordoré au cœur de son rouge…

En fait, la couleur, dans un jardin, c'est comme un feu d'artifice : la fusée est lancée, à peine avez-vous le temps de crier « ah ! » ou « oh ! » que déjà elle se dédouble, s'éteint pour se réembraser, laisser échapper d'autres flammèches, d'autres jeux de couleurs, dix changements à vue que vous n'avez même pas le temps d'acclamer et saluer de la voix...

D'ailleurs c'est déjà la fin, le bouquet ! Mot d'artificier on ne peut mieux trouvé !

À propos de bouquets, il m'arrive d'en faire. J'ai aussi la passion des vases, du Lalique aux verres moulés, du cristal à l'argenterie, de la poterie au fer-blanc. Bref, à tout ce qui est creux et susceptible de contenir de l'eau, donc des fleurs.

Reste que j'ai horreur de couper les fleurs.

Je le fais parfois, mais pour une seule, celle qui est mal venue, trop serrée contre le mur, étouffée par quelque autre. Ou s'il pleut trop fort : les roses vivront plus longtemps à l'abri dans mes vases que sous ces rafales qui les hersent et les hachent...

Je leur parle au passage, les caresse, il m'arrive même – ne le dites pas – de baiser leurs frais pétales. Car ces êtres frêles et éphémères ont une âme, c'est évident.

Mais nous n'en sommes qu'à commencer à reconnaître de l'esprit et de l'intelligence aux bêtes. Avant d'accepter l'idée que le végétal aussi ait une sensibilité, voire une âme...

Si vous entendiez les dialogues que j'entretiens avec mon chêne tricentenaire... Je lui confie des secrets qui, grâce à lui, me survivront. Hélas, pour ce qui est des fleurs, c'est moi qui les enterre... Tous les jours, et c'est un chagrin, quoique tous les jours il en naisse de nouvelles.

Là encore, j'ai dû apprendre que l'important n'est pas la rose, mais le rosier. Ce petit tronc noueux qui n'a l'air de rien, tout se passe en lui, il est le concepteur, le père nourricier, celui qui porte les gènes, les transmet, qui sera encore là l'année prochaine, après la glaciation hivernale.

Et la couleur, que devient la couleur, où est-elle passée maintenant que tout est gris, terreux, noir comme le deuil ?

En été, la couleur de mes fleurs est

comme un verre de champagne que je boirais chaque jour des yeux avant qu'il ne m'emplisse d'une euphorie que je veux partager avec d'autres...

Qui dit couleurs, dit mode ! Les jardins, comme tout un chacun, suivent la ou des modes... On connaît celles des jardins à la française, à l'anglaise, en terrasses, les jardins d'eau avec cascades, bassins, canaux, ceux à la japonaise, à l'instar des merveilles que nous a léguées Albert Khan à Paris ; il y a aussi des jardins zen, les parcs animaliers comme celui, tout récent, du Raynou à Limoges... On dirait qu'on ne peut créer un jardin sans s'inspirer d'un modèle antérieur. Cela vient probablement des écoles : les apprentis jardiniers ont à suivre des cours, à étudier le savoir-jardiner, à s'initier aux bons assemblages comme aux mauvais à bannir... En somme, à ce qui se fait et à ce qui ne se fait pas.

Et puis il y a ceux qui n'y connaissent rien, comme moi, et qui, ne sachant pas ce qui est possible ou impossible, font n'importe quoi. Avec des échecs – ma vigne dépérit sous l'if –, mais aussi de divines réussites : une semée de cosmos entre les buis d'où jaillit un somptueux contraste de formes et de coloris ; c'est comme un cocktail inspiré : cela chavire les yeux et le cœur...

D'autant que rien ne dit qu'on reverra la même chose à la saison suivante. Il n'y a que les jardins célèbres, comme celui de Monet, qui ne varient pas, et ce, de gré ou de force : les visiteurs entendent trouver en vrai les nymphéas des célèbres tableaux et on ne peut se permettre de les déconcerter.

Pour moi, j'ai des envies de nouveauté. Faire pousser des Gunnera, par exemple, ces plantes aux énormes feuilles, au bord de mon étang, sous les châtaigniers qui maugréeront : bizarre, bizarre...

Ma grand-mère avait bien planté dans un pré un araucaria – appelé « le désespoir des singes » du fait de ses feuilles « ingrimpables » en fer de lance... Il était devenu le désespoir des vaches, mais, comme elles sont malignes, elles savaient s'écarter de ses basses branches si agressives et l'apprenaient à leurs veaux.

Moi, j'inculque au jeune Jardinier le respect des prétendus « nuisibles », comme les digitales poussées le long de nos murs. On dirait des points d'exclamation au bout d'une phrase...

Renoir aurait dit en apercevant une sombre silhouette dans un champ de blé : « Je vois là un noir qui n'est pas de la nature... » Moi, j'ai envie de dire la même chose, mais à propos du blanc. En fait, tous les vrais blancs de mon jardin sont fabriqués, c'est-à-dire cultivés. Je ne vois guère de blanc pur à l'état sauvage : les fleurs de merisier sont tachetées de rose, les narcisses de jaune... Si une violette toute blanche apparaît à côté de ses sœurs mauves, c'est en toute discrétion... Mais le clinquant du blanc, ses fanfares, chez les lilas, les roses, les arums, les œillets, les impatiens, c'est du forcé, de l'art !

J'en veux voir partout, mais pas exclusivement : pour souligner un effet auprès du bleu franc des jacinthes, du bleu ardoise des hortensias, du rouge sombre de l'érable, du crème du chèvrefeuille, du rose vif d'un œillet de poète.

À m'entendre, on pourrait croire que j'habille mon jardin comme je m'habille, moi : par coups de tête, en suivant ou contrariant la mode pour faire jaser, provoquer, être remarquée… Est-ce vrai ?

Le croirez-vous ? Tous les ans, que ce soit en Charente ou en Limousin, je vois sortir de terre un autre jardin…

Je l'attends avec impatience, dès mars, puis nous vivons une saison d'amour neuf tout au long de l'été, pour nous séparer lentement, bien tristement, à la fin de l'automne.

Mais je sais que son sommeil hivernal n'est que de surface. C'est au contraire une époque fourmillante pour les plantes non annuelles : les racines se subdivisent, se multiplient, se gorgent de ce qui fermente dans le sol afin que la plante se remette à vivre, ruisselante d'une poussée de sève dès les tout premiers beaux jours.

Moi aussi, l'hiver venu, je m'enferme pour mieux cultiver mes racines. Afin que puisse naître mon roman de printemps…

Avec humilité, car je n'ai pas sa mæstria, je tâche ainsi de vivre au rythme sage et saisonnier de mon jardin.

Et, à bien nous observer tous les deux, j'ai fini par conclure que, contrairement à ce que dit l'adage, ce n'est pas moi, mais lui qui me cultive.

Rien que le mot « jardin » suscite l'entrain, voire l'enthousiasme chez les grands comme chez les petits. « Va jouer au jardin... » « Ton tricycle ? Il est au fond du jardin... » « Rejoins-moi vite au jardin... »

Jardin signifie aire de jeu et tout ce que l'expression implique de divertissant... Pour moi, dès que je me retrouve dans le mien, une récréation commence, eussé-je en mains des outils de travail pour bêcher, ratisser, sarcler, « peigner » mes plantes... Il en va de même chez mes proches : leur sourire le meilleur, je le reçois quand nous sommes ensemble au jardin.

Ce lieu exempt des contraintes citadines où je ne m'avance qu'en laissant tout souci derrière moi – jusques et y compris le « portable » – est comme l'avant-scène de la maison. À Saintes, je n'ai qu'à pousser la porte du garage ; à Ré, un petit portillon et ça y est : accueillie par le murmure familier et odorant de ces êtres vivants, je sais que je suis « chez moi ».

Le bonheur campe dans mon jardin et m'y attend. Il s'agit de lui rendre hommage en l'aidant à prospérer. Dès le saut du lit, mon premier mouvement est d'ailleurs de m'y rendre, pieds nus, hiver comme été. J'y fais deux-trois pas, respire un bon coup les senteurs dégagées par la nuit, et rentre boire le café du petit déjeuner en laissant portes, baies, fenêtres ouvertes, même s'il caille ! Les chiens font de même : sauf s'il pleut à verse, leur premier élan les conduit droit saluer le jardin et voir ce que la vie, en ce nouveau jour, offre de promesses.

Elle en déborde. Grâce au jardin.

Je ne me souviens pas de moments sinistres dans mes jardins. Les disputes n'y ont guère lieu, non plus que les pleurs…

Ce lieu est même si réconfortant, si aimable, qu'enfant on le recrée un peu partout : le tapis sous la table devient jardin, tout comme la couette sous laquelle on se réfugie pour lire, rêver, se faire chouchouter... Jardin également la plage, le champ de neige, le bout de trottoir où l'on dessine à la craie une marelle, tout ce qui est ou tient lieu d'espace de liberté...

De surcroît, le jardin est un éducateur de premier ordre.

Que m'ont appris les miens depuis qu'ils me possèdent ?

Forcément, la patience et sa sœur, la constance : avec un jardin, il faut savoir attendre. Que cela pousse, éclose, fleurisse, reprenne par le pied, reparte... Un mot de jardinier, celui-ci : « Ne vous en faites pas, ça va *repartir*... »

C'est que je m'en faisais, face à une splendeur devenue bout de bois ou carrément disparue ! Désormais, je sais attendre.

Le jardin m'a aussi appris la confiance : auprès de lui, la vie qui prolifère revêt toutes les formes imaginables – minuscules, délicates, vigoureuses, éclatantes, énormes… et finalement triomphantes ! Les jardins, si on leur prête la main, ne meurent jamais. Ou alors ressuscitent, tel le phœnix.

Mes jardins m'ont aussi appris à être plus lente, moi qui ai toujours besoin d'arriver tout de suite au bout de tout.

Ils m'ont aussi rendue plus observatrice. Me voici penchée sur une minuscule brindille à guetter la manifestation quasi invisible d'un premier bourgeon : légère boursouflure sur une écorce, changement de teinte à l'aine de deux branches. J'épie aussi tout signe d'une maladie ou d'un fléau menaçant : un cocon de cochenille, un puceron noir, une chenille verte… Le pulvérisateur n'est jamais loin, pas plus que ne le sont, sur ma table de toilette, mes produits de beauté.

Et puis, mon jardin m'a conduite à cultiver la sociabilité : du fait qu'il existe, j'ai besoin des autres. Déjà du Jardinier avec ses échelles, son coup d'œil, sa force pour traiter ce qui n'est pas à ma portée.

Par-dessus tout, mon jardin exige d'être vu, contemplé, admiré… Il me le fait sentir : je ne saurais sans pingrerie garder sa magnificence pour moi seule, ce serait pire qu'un crime – une faute ! Autant que de vouloir maintenir une miss Monde cloîtrée dans un cagibi… Il me faut le produire, mon éphémère trésor, c'est-à-dire inviter, recevoir, faire visiter, et même aller jusqu'à donner – des fleurs : camélias, certaines roses, du lilas –, ou proposer des boutures, ou encore ouvrir mon sol à celles venues des jardins d'autrui.

Bonheur quand des amis, jouissant de plus d'espace que moi, acceptent d'adopter un abutilon envahissant, un rejet de yucca que je ne peux laisser croître… Toutefois, je ne « donne » mes plants, comme il m'est arrivé pour mes chatons ou mes chiots, qu'à ceux qui les méritent et sauront les rendre heureux…

Sans que je les oublie pour autant. Car le jardin m'a aussi appris à jouir de lui par la mémoire : certaines plantes qui ne sont plus là – l'araucaria, le magnolia, de gros dahlias jaunes – ont conservé leur place dans mon cœur. Je les « vois » toujours, les invoque, nous avons connu ensemble de si beaux jours, et s'il me faut survivre sans eux, je garde en moi la trace des bonheurs que ces êtres de sève et de fibres m'ont procurés. Je dirai même le souvenir de nos dialogues.

On me dit trop sensible ; je crois surtout que, grâce aux jardins, je deviens un peu plus humaine.

Mais, à l'inverse, la nature aussi peut s'humaniser à notre contact. Parfois, je la perçois comme un animal fantastique, un félin aux dimensions de la planète, qui fait patte de velours pour en passer le bout dans nos jardins – minuscules à ses yeux –, se laisser approcher, caresser, y prendre quelques bonnes manières. Accepter de faire la belle, de se montrer douce, de ne plus trop présenter de danger...

J'en viens même à me dire – et c'est me contredire : « Après tout, mes analystes avaient peut-être raison quand ils interprétaient mes rêves de jardin comme un désir de pénétrer dans celui qui gît en moi. Je m'en convaincs à fréquenter les espaces verts du réel : le jardin si souvent revenu dans mes rêves doit symboliser le meilleur de moi, ce qu'on appelle l'âme. »

Et ce doit être cette âme que j'ai encore à découvrir en poussant enfin quelque porte intérieure. Mes actuels jardins, ceux que je foule, fussent-ils débordants de palpables délices, n'en étant que l'ombre portée.

Comme le signe avant-coureur qu'il existe un autre monde, lequel un jour se dévoilera Le Jardin.

Du même auteur :

Un été sans histoire, roman, Mercure de France, 1973 ; Folio, 958.

Je m'amuse et je t'aime, roman, Gallimard, 1976.

Grands cris dans la nuit du couple, roman, Gallimard, 1976 ; Folio, 1359.

La Jalousie, essai, Fayard, 1977 ; rééd., 1994.

Une femme en exil, récit, Grasset, 1979.

Un homme infidèle, roman, Grasset, 1980 ; Le Livre de Poche, 5773.

Divine passion, poésie, Grasset, 1981.

Envoyez la petite musique..., essai, Grasset, 1984 ; Le Livre de Poche, « Biblio/essais », 4079.

Un flingue sous les roses, théâtre, Gallimard, 1985.

La Maison de Jade, roman, Grasset, 1986 ; Le Livre de Poche, 6441.

Adieu l'amour, roman, fayard, 1987 ; Le Livre de Poche, 6523.

Une saison de feuilles, roman, Fayard, 1988 ; Le Livre de Poche, 6792.

Douleur d'août, Grasset, 1988 ; Le Livre de Poche, 6792.

Quelques pas sur la terre, théâtre, Gallimard, 1989.

La Chair de la robe, essai, Fayard, 1989 ; Le Livre de Poche, 6901.

Si aimée, si seule, roman, Fayard, 1990 ; Le Livre de Poche, 6999.

Le Retour du bonheur, essai, Fayard, 1990 ; Le Livre de Poche, 4353.

L'Ami chien, récit, Acropole, 1990 ; Le Livre de Poche, 14913.

On attend les enfants, roman, Fayard, 1991 ; Le Livre de Poche, 9746.

Mère et filles, roman, Fayard, 1992 ; Le Livre de Poche, 9760.
La Femme abandonnée, roman, Fayard, 1992 ; Le Livre de Poche, 13767.
Suzanne et la province, roman, Fayard, 1993 ; Le Livre de Poche, 13624.
Oser écrire, essai, Fayard, 1993.
L'Inondation, récit, Fixot, 1994 ; Le Livre de Poche, 14061.
Ce que m'a appris Françoise Dolto, Fayard, 1994 ; Le Livre de Poche, 14381.
L'Inventaire, roman, Fayard, 1994 ; Le Livre de Poche, 14008.
Une femme heureuse, roman, Fayard, 1995 ; Le Livre de Poche, 14021.
Une soudaine solitude, essai, Fayard, 1995 ; Le Livre de Poche, 14151.
Le Foulard bleu, roman, Fayard, 1996 ; Le Livre de Poche, 14260.
Paroles d'amoureuse, poésie, Fayard, 1996.
Reviens, Simone, suspense, Stock, 1996 ; Le Livre de Poche, 14464.
La Femme en moi, essai, Fayard, 1996 ; Le Livre de Poche, 14507.
Les Amoureux, roman, Fayard, 1997 ; Le Livre de Poche, 14588.
Les amis sont de passage, essai, Fayard, 1997 ; Le Livre de Poche, 14751.
Un bouquet de violettes, suspense, Stock, 1997 ; Le Livre de Poche, 14563.
La Maîtresse de mon mari, roman, Fayard, 1997 ; Le Livre de Poche, 14733.
Un été sans toi, récit, Fayard, 1997 ; Le Livre de Poche, 14670.

Ils l'ont tuée, récit, Stock, 1997 ; Le Livre de Poche, 14488.
Meurtre en thalasso, suspense, Stock, 1998 ; Le Livre de Poche, 14966.
Défense d'aimer, Fayard, 1998 ; Le Livre de Poche, 14814.
Les Plus Belles Lettres d'amour, Albin Michel, 1998.
Théâtre I, En scène pour l'entracte, Fayard, 1998.
Théâtre II, Combien de femmes pour faire un homme ?, Fayard, 1998.
La Mieux Aimée, roman, Fayard, 1998 ; Le Livre de Poche, 14961.
Cet homme est marié, roman, Fayard, 1998 ; Le Livre de Poche, 14870.
Si je vous dis le mot passion..., entretiens, Fayard, 1999.
Trous de mémoire, essai, Fayard, 1999 ; Le Livre de Poche, 15176.
L'Indivision, roman, Fayard, 1999 ; Le Livre de Poche, 15039.
L'Embellisseur, roman, Fayard, 1999 ; Le Livre de Poche, 14984.
J'ai toujours raison, nouvelles, Fayard, 2000 ; Le Livre de Poche, 15306.
Jeu de femme, roman, Fayard, 2000 ; Le Livre de Poche, 15331.
Divine passion, poésie, Fayard, 2000.
Dans la tempête, roman, Fayard, 2000 ; Le Livre de Poche, 15231.
Nos jours heureux, roman, Fayard, 2000 ; Le Livre de Poche, 15368.
La Maison, récit, Fayard, 2001.
La Femme sans, roman Fayard, 2001 ; Le Livre de Poche, 16486.

Les Chiffons du rêve, nouvelles, Fayard, 2002 ; Le Livre de Poche, 15553.

Deux femmes en vue, roman, Fayard, 2001 ; Le Livre de Poche, 15421.

L'amour n'a pas de saison, Fayard, 2002 ; Le Livre de Poche, 30520.

Nos enfants si gâtés, roman, Fayard, 2002 ; Le Livre de Poche, 30221.

Callas l'extrême, Michel Lafon, 2002 ; Le Livre de Poche, 30155.

Conversations impudiques, Fayard, 2002 ; Le Livre de Poche, 30028.

Composition réalisée par INTERLIGNE

IMPRIMÉ EN ESPAGNE PAR LIDERDUPLEX
Barcelone
Dépôt légal Édit. : 62881-10/2005
Édition 01
LIBRAIRIE GÉNÉRALE FRANÇAISE - 31, rue de Fleurus - 75278 Paris Cedex 06.
ISBN : 2-253-11467-7